〔復刻版〕

一等兵戦死

松村益二

ハート出版

著者のメモ

僕が支那事変のために応召したのは、昨年の夏だったが、戦いの期間は大へんみじかい。はずかしいくらいである。そしてその年の十一月に負傷して、各地の陸軍病院を転々として本年三月下旬、応召解除となり、最近再び応召したが、身体《からだ》が悪いというので帰されてしまった。まったく、残念千万である。

★

ここに収めたものは、戦線で書いたもの、陸軍病院で書いたもの、および応召解除後に書いたものの三つにわかれる。そしてこれらの散文の大部分は、「大阪毎日徳島版」「グラフィック」「文藝春秋 現地報告」に発表、また詩の一部は「セルパン」「グラフィック」「文化学院新聞」などに掲載された。

★

みじかい僕の戦争の体験である。立派なものの書けようはずがない。ただ、ほかのひとたちの描いたものと、多少味がちがっているところがあれば幸いである。十字火《じゅうじか》〔十字砲火〕の下の兵卒の姿がすこしでも描かれていたならば、よろこばしい。歩兵一等兵である著者には、一等兵のことだけしかわからない。

★

これらの散文、詩を書くについて、中島大毎《たいまい》内国通信部副部長、西川同徳島支局長の御力添えは忘れられない。また「グラフィック」の越寿雄氏の熱心なおすすめがなければ、この本の三分の一は生まれなかったろう。厚く感謝の意を表する次第である。

★

この本の原稿はバラバラのまま春秋社に送られた。僕の再度の応召のためである。したがって未発表の原稿など生《なま》のままで、めちゃめちゃな文章である。あれやこれやと筆を加えたいのだったがやむを得ない。――ただ、僕の支那事変の記念品としては、これはいいのかも知れないけれど。

昭和十三年十月三日夜

大阪毎日編集局にて

松村　益二

上海戦 東部竹園にて

一等兵戦死　目次

戦線の序章　13

上海の初夜　15
前線へ　26
燃え上がる敵意　35
敵意は益々熾んに　41

僕の参戦手帖から（1）　51

黒い一等兵　53
予言は取消し　59
ただの世間ばなし　68

僕の参戦手帖から（2） 79

紅葉潟の友情 81
お母あさん子 91
戦友 100
親ごころ 109

一等兵戦死 119

戦場の点 145

馬の眼 147
突撃の心理 150
晴れた日 152
哀れな豚 154

塹壕について　155
茶　156
戦友の訣れ　158
とうもろこしちゃ　161
松と雁　163
戦闘記　168

詩集戦線　179

支那海　181
黄浦江　182
閘北の墓標　183
市街戦の跡　184
戦線街道　185
戦場断片　187
野営　190

虫　191
戦線の土　192
戦後　194
陽だまりにて　195
敵屍　197
埋葬　198
攻撃準備　199
死馬　200
乾パンの歌　201
山羊のいる戦線にて　202
支那茶碗の哀愁　203
水牛の角　204
夕暮れ　205

上海戦線の余韻　207

花を惜しむ　209
紅茶の匂り　211
めぐり合うこと　212
めぐり合うこと（つづき）　214
戦死する兵士　216
花を抱いて　218
小輩来来　219
上海戦線の土　222
浄瑠璃どころ　225

戦線の土、故国の土　227

戦線と故国を結ぶもの　229
ペンも栄光に輝け　230
戦線美味求真　232

失礼なる風景　234
支那兵はのんきなのか　235
日本兵士のこわいもの　237
命がけのユーモア　239
残虐精神病者　242
手柄立てずに死なれよか　244
兵士のさまざま　245
うれし泣きの敵　247
戦線で祝う佳節　249
病院生活の話　250
故国の土に立つ　252

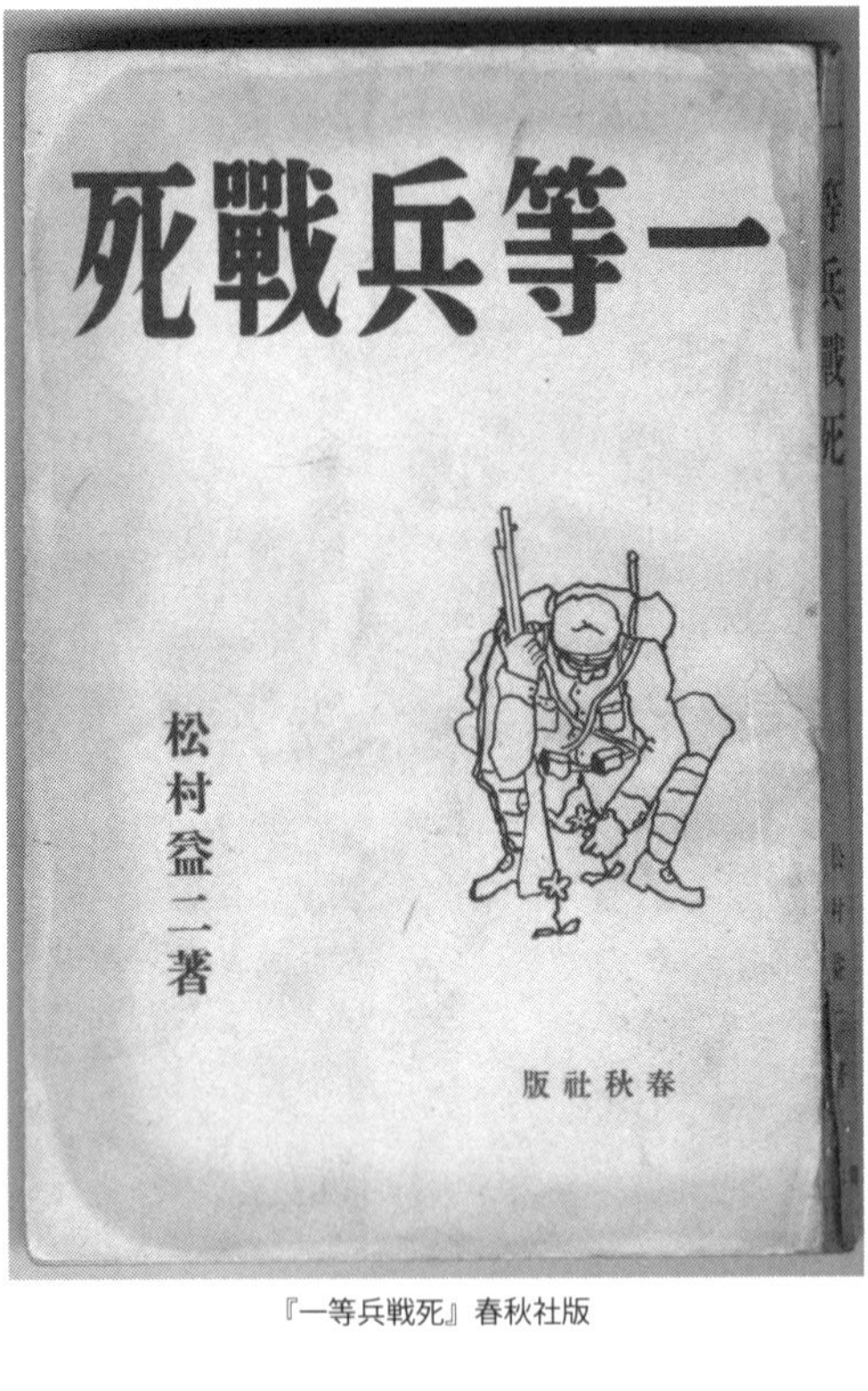

『一等兵戦死』春秋社版

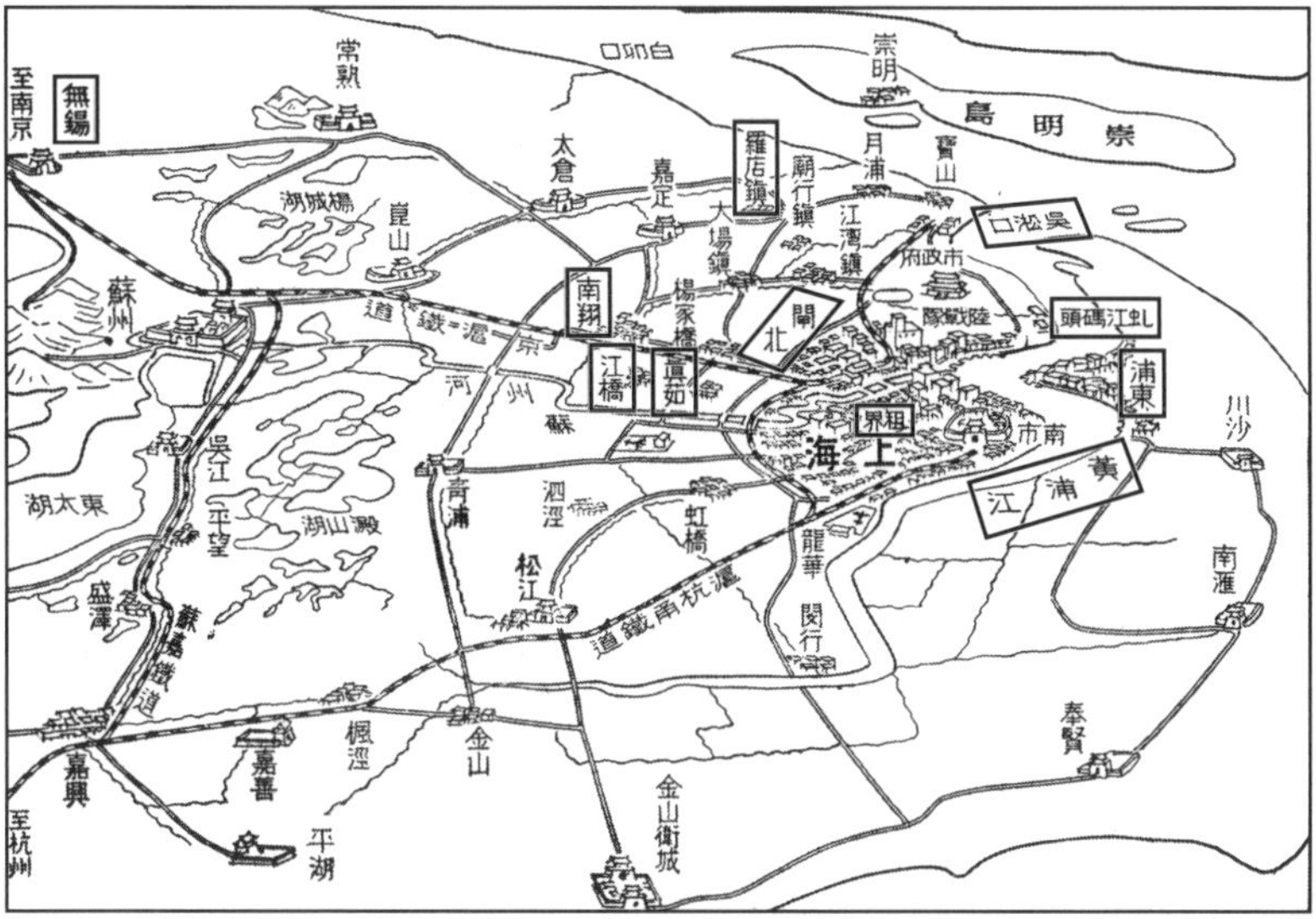

上海付近の鳥瞰図（当時）：四角で囲った地名は本書に登場する場所
（『支那事変戦跡の栞』陸軍恤兵部・昭和13年）

凡　例

一、本書は、春秋社版『一等兵戦死』（昭和一三年一〇月二六日発行）を底本としました。
一、原則として、旧字は新字に、旧仮名づかいを新仮名づかいに改めました。
一、文章を読みやすくするため、一部の漢字表記を平易にし、句読点の整理などを行いました。
一、原本のふりがな（総ルビ）を整理し、難読と思われる漢字にのみ、改めてふりがなを加えました。
一、明らかな誤字脱字は訂正しました。
一、編集部で補った注は〔　〕で括りました。
一、巻頭に掲載した春秋社版の書影、上海付近の地図は、編集部で補いました。
一、本文中、現在では不適切と思われる表現がありますが、著者が故人であること、時代的背景と作品の価値に鑑み、そのままとしました。

〔編集部より〕
当社で復刻を希望される書籍がございましたら、本書新刊に挟み込まれているハガキ等で編集部まで情報をお寄せください。今後の出版企画として検討させていただきます。

戦線の序章

上海の初夜
前線へ
燃え上がる敵意
敵意は益々熾んに

上海の初夜

上海《シャンハイ》の或《あ》る碼頭《マトウ》〔埠頭〕から上がった。それは低く曇って、砲声がいんいんと響き〔大きな音で鳴り響き〕、細《こま》かい雨が波止場《はとば》の荷物にふりそそいで、僕たちの銃はぬれ、軍服には小さな露が白く光った。

（これが上海か）

揚樹浦《ヤンジツポ》の通りには人の子の姿もなく、家々は古い扉を閉じて、がらんとしている。物々《ものもの》しく着剣した僕たちの戦友が警戒しているが、何という荒涼たる姿であろう。通りに一軒、無人の家に急造の商店があった。エプロン姿の日本のおんなが二人、兵士たちに売っていた。

皇軍将士歓迎 旭軒《あさひけん》

文字《もんじ》の国というのに、戸口に貼られた白紙の墨のあとは何という下手《へた》くそぞ。

ビール一本二十銭、ほほうと僕は笑った。

対岸浦東《プートン》の方には依然いんいんと砲声はひびき、細かい雨はアスファルトに流れる。大掃除のあとのような芥《あくた》が雨にたたかれてプラタナスの並木も蕭々《しょうしょう》と冷たい。船の上から眺めて来た呉淞鎮《ウースンちん》破壊の跡、いたずらみたいにまん中を砲弾でぬかれた赤煉瓦《れんが》の煙突、音もなく（音はきこえないのだが）楊柳《ようりゅう》の並木道を走る軍用トラックの列には赤い日の丸の旗。

（ああ、敵都上海か）

僕はぎっしりとつまっている弾薬で重い薬盒《やくごう》をずり上げた。

僕はビールを買い、歯で王冠をひっぱがし、瓶を立ててごくごくとのんだ。うたでもうたいたい気持ちと、きりきりとした緊張感が交錯して、僕は、それをおしながすようにビールをあおった。

碼頭の、大連《たいれん》汽船のドアを押して
「えらいもんですね。もうちゃんと営業してるんですか」

僕はまるで旧知のひとに話すように、事務をとっているひとに話しかけた。

「本店の方は危険なんですけれどもね」

（僕は酔っていたのではない。戦争の行われている土地なのだ。日本人は、みんなこんな風な気やすさで話が出来たのである）

「おや、貴方《あなた》は」

僕は眼鏡《めがね》をかけたひとりの伍長に声をかけた。

「Hさんじゃありませんか」

「そうですが……」

伍長は、不審な表情で僕を見た。

「いや、あんまりよく似てたので。貴方の弟さんと僕とは中学時代同クラスでしてね」

H伍長は兵站《へいたん》部で仕事をしていた。

――さいしょは、第一線へ出たいと思っていましたが、後方勤務も楽じゃありませんよ。重要な仕事です。私はこのごろ、この縁の下の力もちをしっかりとやろうという気になりましたよ。（こういって彼は笑って）このあたりも夜になるとチャン〔中国または中国人を指す〕の飛行機はやってくるし、対岸からは迫撃砲はやってくるし、なかなかのんびりした気持ちになれませんよ。（と、ちょっと眉をひそめてみせた）明日は第一線ですね、気をつけてやって下さいよ。

H伍長にわかれると、特務兵たちが集まって来て
「〇兵さん〔〇は伏せ字。以下同〕、内地はどうですか」

「どちらの〇隊ですか」

などと、いろいろな地方色のあることばで僕たちに問いかけた。

みんな不精髯《ぶしょうひげ》を生やして、うすぎたない姿でその労苦をしのばせていたが、誰も彼もひとな

っこそうな微笑《ほほえみ》をうかべていた。

夕ぐれの色は濃くなってくる。

雨はあがったけれども暗さは一種の陰惨味をおびてせまってくるのである。僕たちの部隊はこの日は第一線に出発せず、この附近で宿営することになった。

列をつくって僕たちは歩き出した。

支那風の商店も、がっしりとした洋館も、がらんとしたその室内をそれぞれに閉じこんで、支那家屋にはあくどいポスターや看板や縁起を祝う赤い紙が貼られ、洋館は灯《ひ》のない夕ぐれの中にかたい沈黙を守って、僕たちの軍靴《ぐんか》の舗道をゆく音と、僕たちの小さな話し声（みんな、ぼそぼそと話し合っていた）だけが街のひびきであり、ときどき聞こえる砲声と自動車の警笛の音のみが、この大きな国際都市の音であった。（しかし、ガーデン・ブリッジを渡ったフランス租界のことは知らぬ）

まがり角《かど》、十字路にくると、先頭を歩いている僕の胸は一種の緊張感でぴりぴりとした。べつに、はっきりとそうかんじたのではないが、いつどこから弾丸がやってくるかも知れない――そんな気持ちの故《ゆえ》であろう。

電車道に電車はなく、広い通りの美事《みごと》な街、そこにも人ひとり見えず、天を仰ぐと電線の錯綜したすがたが不気味だった。

閉じられた、鉄の扉に、結いつけられた立看板。

「おや」

誰かが声をあげた。

なるほど——酒場上海寮（寮という字がまちがっていた）、ビール、日本酒、うどんあり、美人日本女性多数あり、皇軍将士歓迎。

白い紙に、これもまた下手くそな文字である。

やがて、僕たちの宿営するところへやって来た。大きな洋館の建物で、世界書局総廠と書いた大きい金文字が、通りに面した壁面に、にぶく光っていた。

洋紙と印刷機の間に、トランクがたくさんころがっていた。支那鞄《かばん》の中から衣類が出て来たりした。（避難民がいたのであろう）

なかば、刷り上げた紙がうず高く、僕はここに装具をおろすと、煙草《たばこ》に火をつけた。軍靴のがさがさと紙をふむ音と、話し声とが、コンクリートの工場内できんきんと反響した。

（ああ、戦争。文字の刷られた、インクの匂《かお》りも新しい紙。——僕は書物を愛し、知識を愛し

た。ああ、動かぬ印刷機。がらんとした印刷工場。たくましい兵士たちの足下《そくか》にこれらはみんな沈んでいる）

僕は、敵国の一夜を明かすのに、こんな哀《かな》しい感想があろうとは思わなかった。――どこかでパンパンと小銃の音がした。

冷たい印刷機はずらりとならんで、人間を高めるための無意識の活動をやすめ、紙はコンクリートの床にくしゃくしゃにされてのびている。

「食事が終わったら、火の用心に注意してみんな寝ろ」

Ｈ少尉が叫んだ。

上海寮の鉄の門を押して右へまがると、うす闇の中に、白い洋装の女が二人、ぼうと浮いていた。

「どうぞ」

おんなは家の中に僕を導《みちび》いた。

「いつも、営業時間は正午から六時までなんだけど、きょうは特別よ」

妙なわかりにくいアクセントで女はいった。地下室のようなかんじの部屋には四つばかり、朱塗りの支那テーブルがならべてあり、支那椅子があった。ビールの空箱もここでは立派な椅子で、窓には黒いカーテンが垂れて、ローソクの灯がゆらゆらとしていた。

「いつもったって、このうち、いつからはじめているんだい」

「おとといからよ」

おんなは僕の側《そば》に寄りそって笑った。髪を切って肥《ふと》ったこのおんなの乳房は、ゆらゆらと彼女の言葉につれてうごいた。

「きみは、きれいだね」

僕は、彼女のすごいばかりの濃化粧《こいげしよう》に圧倒されまいとしていった。

「お世辞《せじ》いってるわ」

彼女は乳房をふるわせて笑った。もうひとりのおんなは、まだ子供のようであった。ぺしゃんこの胸をしているくせに、つんとすましていた。

「ビール持って来て貰《もら》おうか」

僕は買ったばかりのルビー・クイン〔煙草の銘柄〕に火をつけて、子供のような女を見た。

「なんか、つき出しある?」

「ないわよ」

子供のようなおんなは、細い咽喉《のど》なのにしゃがれた声で、しかもしばらく考えなければよくわからないようなアクセントのことばで答えた。

「こっちへ来ないか」

彼女は機械的に僕の側にやって来て、僕の膝の上に腰かけた。（ああ、何という荒涼たる、いかつい濡れ場であろうか。ローソクの火はちょろちょろと僕とおんなの影法師を何のかざりもないコンクリートの壁にうつしている）

「つまらんことだが、きみの生まれはどこだい？」

「京城《けいじょう》〔ソウル〕よ」

何回も、僕はきき直して、彼女が京城の生まれであることを頭の中にたたきこんだ。

「お待ちどう」

さっきの肥ったおんなが銀盆にビールをのせて来た。大きいコップと小さいコップと。ちんば〔ふぞろい〕のコップ。ちんばのコップ。僕はこの奇怪な部屋で何となくやすらかなものをかんじてくる。ビール箱の腰かけ、ちんばのコップの酒場よ。切々たる哀傷である。僕は死んで帰る覚悟で――いや、死ななければ踏めないだろうと感慨ふかく、しかし男らしく笑って故郷を出発して来た。頭の中は、がらん洞《どう》であり、ぼろをつづりあわせたような感情である。思惟《しい》ということを忘れようと努めて忘れ、うんと戦ってやるんだという心だけになっている。僕は、

休止している印刷工場でこの夜を眠る。（ああ、僕は名もなき詩人であり、文学青年であり、あわれな新聞記者である）

僕は大きいコップのビールをごくごくとのみ乾《ほ》した。またのみ乾した。

（このビールこそ、最後のビールかも知れんぞ）

「きみたち、のまないか」

僕は、大きいコップを肥ったおんなに、小さいコップを子供のようなおんなにさし出した。肥ったおんなは何本目かのビールをとりに行った。

「きみのことばは、なかなか、僕にはわからないよ」

「そう」

子供のようなおんなは淋しそうな顔をした。この首の細いというのに何たるしゃがれた老婆の如《ごと》き声ぞや。おそらく彼女は転々として戦火の上海へやって来たのであろう。

「きみは、英語できるかい」

「いええす」

「ふーん、君の名は」

（まるで、中学校のリーダーの復習だ。僕はひとりでにおかしくなって来た）

「ゆり子」

「ふーん」

「ねえ――（彼女はこういって）あたしあんた好きよ」（と英語でいった）

そしてこの子供のようなおんなは、僕の船中でのびた髯のある頬《ほ》っぺたにキッスした。

「顔を洗ってないから、しょっぱいだろう」

「いええす」

肥ったおんながビールをはこんで来た。それと同時に、どやどやと兵士たちが入って来た。子供のようなゆり子は、ちゅっと僕のおでこに唇をあてると、勢いよく新しい兵士たちの方へ小さな尻をふって走って行った。

「ちぇッ。子供のくせに」

肥ったおんなは憎々《にくにく》しげにゆり子の方を見て僕に笑いかけた。何というまっしろな化粧だろう。何という美事に黒々と描いた眉だろう。ゆり子は、しゃがれた声で兵士たちの間を跳ねまわり、そのうちにぞろぞろと他の女たちが二、三人、奥から出て来た。

「きみも京城かい」

「ええ、そうよ」

「新町《しんまち》ってところがあるだろう」

「ええ」

肥ったおんなは、敵意のある眼をゆり子にそそいでいるのである。戦争の中の戦争。僕は白々《しらじら》とした気持ちになって、残ったビールをのみ乾すと立ち上がった。

「また、いらっしゃいね——といっても明日は貴方は戦線ね」

肥ったおんなは僕の胸にまっしろな頬っぺたをあてた。このおんなは、僕の与えたチップをゆり子に分けないで独占してしまうであろう。

印刷工場の紙の上に寝て、僕は酒場のおんなたちと、ひとことも戦争のはなしをしなかったことを思い出した。

(出発は明朝六時である)

「眠られないな」

僕は戦友に話しかけた。網入りの不透明硝子《ガラス》は蒼白《あおじろ》い。砲声がひびいてくる。

僕は起き上がって懐中電気で時計をみた。八時である。——「のんでくるからな」僕は戦友にそう言って外へ出た。

僕は日本の紙幣をみんなおんなたちにやってしまった。人ッ子ひとり通らない廃墟の街に立って、僕はしゃあしゃあと立小便をはじめた。二度目の訪問のビールはまずかったけれど、ポケットに銅貨と銀貨だけしか入っていないという考えは、何となく僕の気持ちにほっとした落ち着きを与えた。

あすかあさってからいよいよ戦闘だ。僕の胸の中はすっきりとして気持ちよかった。

前線へ

行軍の列はつづいた。弾薬と糧秣〔食糧〕とそのほかの装具はきりきりと肉体に食い入って、重い軍靴は益々《ますます》重い。上海の街は戦火に沈んで、通る人たちの表情にも何かしらとげとげしいものがあった。日本人街かしら、日本の人たちが万歳《ばんざい》と叫ぶ。印度人《インドじん》巡査が大きい姿勢で歩き、僕たちを見てひとなつっこい笑いをなげかける。彼らはみんなおんなじように髯を生やして、おんなじような表情をしている。

小さな医院の前で看護婦さんが水をのませてくれた。ダンサーのような女たちがその向こう側で僕たちの行軍を白々とした表情で眺めている。（あれも日本のおんなだろう）

装具の重さをふきとばすように、それぞれ所属部隊を書いた自動車が走ってゆく。

右側の舗道を、ツーピースで下駄《げた》ばきの、パーマネント・ウェイヴのおんなが通った。僕たちの戦友は、前線への期待（ああ、複雑な期待）に、黙々として軍靴の音だけをひびかせてゆく。（おや、あのおんなは――）僕は何回もそのおんなのうしろ姿をふりかえってみた。しかし、そのおんなは、カーキ色ひといろにつつまれた僕たち部隊の行軍隊形の中から、どうして僕ひとりを見い出されよう。前線へ向かう僕たちの一隊は意志のある（前線へ）一つの機械のように進んでいるのである。――あのおんなは、――僕は京都の女性アパートの一室をおもい出す。僕は京都府下にあるダンスホールのひとりのダンサーを愛していた。ある秋に、僕は彼女をそのアパートへたずねた。その彼女といっしょにくらしていたおんな――たしか須藤文子《ふみこ》という名前のおんなとそっくりであることをおもい出しているのである。僕の愛していたダンサーはいまどこにいるのか僕は知らない。しかし、いまもその恋愛の余韻がじょうじょうと〔細々と〕僕の心の中に鳴っている。僕の感傷は、出征の日、僕の好きだった踊り子は、僕の首途《かどで》を知るや知らずや、ああ踊り子よ、いまいずこ――こんな感傷は、上海に上陸してもまだ心の底にたまっている。

いよいよ、前線へ、街は火事跡のような匂《にお》いを強くして、破壊された家々は空《むな》しくその腸《はらわた》を見せている。まだころがっている支那兵の死体。陸戦隊員がとりかたづけにいそがしい。――

あのおんなは、けっきょく人ちがいなんだろう。それにしても、と、僕は惨状、うちひしがれた上海の街を、苦しい息を吐いて歩きながら、前線へと向かいながら、そっと好きだった踊り子の名を口ずさんでみる。

（生きて帰れぬだろう）

はっきりと、新戦場の生々しさは、生《せい》を僕の中から奪い去って行く。進むたびにその感じは深く強くなってくる。砲声はきのうのように低い天にひびいて、新戦場の臭気は益々濃度を加えてくる。

赤い鶏頭《けいとう》の花が眼にしみる。陸戦隊員の墓標である。不気味な銃眼を持つ、占領された掩蓋《えんがい》機関銃座。

昼食《ちゆうじき》を摂《と》ったところは見はるかすかぎり、うち壊され、焼けただれた戦跡であった。

（踊り子よ、さようなら）

装具をおろすと、身体が宙天にうかぶようにかるい。戦場の臭気は飯《めし》にしみこんで、僕はその飯をすててしまった。

地に這った電線は哀《あわ》れである。

道は南京《ナンキン》へ通ず。

えんえんとつづく輜重隊《しちょう》〔補給部隊〕の馬車とならんで僕たちは疲れた足を前へ前へとはこぶ。特務兵は馬車に乗って、つまれた弾薬の箱の上に腰をかけていた。

「きみはどこです?」

「江戸ッ子でさ」

「江戸は?」

「深川《ふかがわ》ですよ」

「八幡《はちまん》さまの近くででも?」

「ああ、すぐんとこ」

深川八幡さまは僕の記憶の土地である。僕は夜店で楽焼《らくやき》の古い茶碗を買った。友人橋本久雄が笑った。

「水に気をつけねえと駄目《だめ》ですぜ」

「ありがとう」

「なんしろ」

といって特務兵は口をつぐんだ。が重々しく

「戦場で病気になるってえと、つれえよ」

「ありがとう」

僕は胸がせまった。

「銃を持ったげよう」

特務兵は馬車の上から手をのばした。僕はかるくなった肩をぐいぐいと動かし、両腕をうんと天にのばした。肩甲骨《けんこうこつ》がごりごりと鳴った。

黒い道は悪くなり、鉄道線路が切れ切れで、後方勤務の兵士たちの姿が、ちらちらと動いている畑に花が咲いている。空は低く、軽気球がうかび、飛行機が飛び、前方には黒いけむりがもくもくとうごいて、ドーン、ドーンと大砲の音が絶えない。

新聞社の自動車が走る。


僕たちは無電台のある真如《しんじょ》〔真茹とも書く〕に到着した。僕はここで小さな文章を書いた。次のようなものである。

早朝僕たちは第一線に参加するために強行軍して〇日午後二時〇〇に着いた。背負袋《せおいぶくろ》や装具の重さでくたくたになったが、意気は天をつくばかりだ。空には皇軍の飛行機が乱舞し、砲声はしきりに物凄《ものすご》い音を伝えてくる。僕から二メートルばかり離れて小銃弾が落ちた。小銃弾一発の洗礼は戦場のささやかな礼儀なんだ。

僕は私設新聞班長、そして僕の私設副官は隊きっての強力《ごうりき》小椋清蔵《こむくせいぞう》一等兵だ。愉快な彼は天成《てんせい》のユーモリストで、のっしのっしと二人分の荷物をひっさげて涼しい顔をしている。

「疲れたろう」といえば

「うんにゃ、おらァ紅葉潟《もみじがた》という宮相撲《みやずもう》〔神社の奉納相撲〕の横綱よ。平気の平左《へいざ》じゃわよ」

と答える。彼は怒らない。怒らないが、怒れば

「よし一番取ろう」と胸を張る。

ユーモア三勇士というのがある。山根賢助上等兵、山下成憲《なるのり》一等兵、多田年一一等兵がそれだ。また鈴木栄一上等兵は自称○隊長。

「兵は病気になるとつらかろう」

と雑嚢《ざつのう》、図嚢《ずのう》に薬ばかりつめこんでいる。この〝鈴木○隊長〟の副官（？）がこれも強力《ごうりき》の河野貞由《さだよし》一等兵だ。ついでに僕のことも少し書けば、珍兵中野正二一等兵が僕の秘書役で、

ソロバンをやっこらさと携帯の呑ん気《のき》ものだ。

「いや、支那兵の死体の勘定用なんさ」

とすましている。この珍兵の副官が岡久快治郎一等兵で、こいつもまたのんびりした呑ん気者だ――さあ、次は戦線だ。

しかし、ここで僕たちは敵地第二夜を迎えることになり、クリーク〔水路〕の橋を渡って〝梨園《りえん》〟と書いた扁額〔横に長い額〕のある門をくぐって畑中《はたなか》を通り、小さな民家に入った。クリークの水で炊《た》いた最初のめしを食った。その臭さはのどにつかえ、沸かした湯は鼻をつまんでものめない。赤い火がちょろちょろと燃え、次第にくれて行った。民家のうしろの雑木林が深々と不気味な色をたたえ、竹林がざわざわと鳴った。藁と綿の花を土間に敷いて睡眠の時間がやってくる。

とっぷりと暮れると、煙草の火が赤い点となり、懐中電灯の光りがパッパッと天井を照らし、壁に光る。赤い文句を書いた紙や、変な神像や、玉葱《たまねぎ》の束《たば》や、竹の束などが断片的にちらちらと眼に入る。

「戦場だな」（感慨のこもった言葉の表情）

「ああ」

あるいは

「こんな水ばっかりかしら」

「そうだろうな」

こんな風な会話が、ぼそぼそときこえた。黙っている兵士たちは眠っているのではない。大きな窓から見える、秋空の星の光を眺めているのである。

僕も横になった。弾薬盒の通してある帯革《おびかわ》をはずすと、ぎしぎしと軋《きし》った。横に寝ている中野一等兵は黙っている。何か考えているのであろう。

「煙草を喫《す》わないか」

「ありがとう」

彼はチェリー〔煙草の銘柄〕を受け取って火をつけた。マッチの火がゆらゆらと室内に燃えて、彼の顔はたった二晩の宿営でげっそりとやせていた。

「元気を出せよ」

僕はなんとなく、こんなことをいった。自分自身にもいうべきことばであった。煙草のけむりは見えない。赤い点のような火だけが見える。なんというわびしい煙草であろう。

車の轍《わだち》の音がきこえ、やがて砲声が高くなり、そのたびに強くなって行った。僕はしばらく砲声に耳をすませていたが、このものすごい音の間隙にちょうど豆をいるような小銃の音が連続しているのをきいた。

「戦闘をやっているんだな」

やっぱりきいていたのであろう。中野が小さい声でいった。

星の色は益々蒼く、またたき、ちろちろと虫の音《ね》がきこえた。


「歩哨《ほしよう》交替」

石田伍長が僕を起こした。僕は中野を起こした。大陸の秋の夜寒《よさむ》がしんしんと胴にしみ入った。巻脚絆《まききやはん》をまいた足がふらふらした。ひるま上海の街で逢《あ》った行きずりのおんな、僕の愛した踊り子、それから僕を愛してくれる女の子のことなどのことを考えているうちに僕は眠ってしまったらしい。手さぐりでずっしりと手ごたえのする帯革をきりりとしめて銃を手にし、剣をぬいてつけた。クリークの小さな橋を渡ったちょっとした窪地が歩哨位置である。しっとりと夜露がおいて、星あかりで雑木林が黒く、小さな丘が見え、遠く上海の街の方向には赤々と家が燃えているのが美しい。

小銃の音が帯をひくように連続して、パッパッと夜の闇に光るとドーン、ドーンと砲声がひびき、やがて何かが瓦解するような音がきこえてくる。砲火の閃光《せんこう》は盛観であり、音響は胸のすくような美事さだ。戦争の音響はいつまでもつづいた。僕の持つ銃剣はしっとりと夜露にぬれて、手のひらにぴっちりとくっついている。

「すごいねえ」

中野がささやいた。

虫の音がきこえる。

（何ということだ。戦火は大地を灼《や》いているというに。哀れな虫よ。その平和な音をやめよ）

虫は、おのれの生存を主張するかのように、砲声と銃声のひびきの中に、すだき〔鳴き〕つづけている。

（父よ。母よ。きょうだいよ。ああ、そしてちろちろとすだく秋の虫よ）

夜はしずまりかえり、銃砲声はものすごい。大陸の秋のかもす、戦線の土の匂いは強い。

燃え上がる敵意

依然低い、蔽《おお》いかぶさるような雲であるが、ほのぼのと明けた大陸は朝霧の中に静かな雄大な姿態を横たえ、鳥の声すらきこえた。ときどき、思い出したように砲声はひびいたけれど、何となくこの大きい未明の風景にふさわしい音であった。

まだ、うすぐらい。残《のこ》んの星〔明けの明星〕は頼りなげな光でまたたき、無電台のアンテナは秋の朝風に静かだ。クリークに倒れ込んだ馬の屍《しかばね》も次第に明けてくる朝の光りにその毛並が哀れにひかり、どこからともなく死屍《しし》〔死体〕が流れてくる。きのうのような行軍が再びつづく。進むにしたがって、支那兵の散兵壕や死体が、大地の傷口のようなかたちでその数も多くなり、砲兵陣地の兵士たちは僕たちの方にかけ集まって来ては大きい声で、がんばってくれよと叫んだ。

赤十字の印《しるし》のある垣にかこまれた家から、包帯姿の負傷兵たちが道路の方へ集まって来た。

「おお、きたか」

「いつやられた?」

「大したことはないか」

「身体に気をつけてな」

「仇《かたき》を討《う》ってくれよ」

動く僕たちの中に見出した知人と交わす大きい声は、まったくはげしい叫びのようで、何かしら、ひしひしと胸にこたえる。眼にしみるような白い包帯ににじむ、どすぐろい血の凝血、江南《こうなん》の大陸は収穫されない綿の花がきのうの雨にうたれ、畑土《はたつち》は支那兵の腐ってゆく肉体を吸って黒く、土饅頭《どまんじゆう》のような支那人の墓に生えている菅《すげ》やすすきの色も淋しい。汗は次から次へと流れ、臭さにへきえきしてのまなかったクリークの湯をごくんとのんで、はき出した。手拭《てぬぐ》いはいつのまにかまっくろになっている。歩く足は前へ進もうとする気力だけで動いている。

見はるかす大陸。野菜をとる兵士。

偽装の草木《そうもく》がトーチカの上に枯れかかっている。砲声はひびく。

「あすこにも」

「ここにも」

「あの顔をみろ」

進軍する道路のふちにころがっている支那兵の死体は次第に多くなってくる。なかばくされかけて、眼は大きくうつろになって、天をにらんでいる。

若い兵士の死体もあった。よくみれば、こまやかなきれいな皮膚だった。雨につかんだ銃がさびている。死体の倒れ方もさまざまであった。

(ああ)

またしても、僕は詠嘆《えいたん》的な感懐《かんかい》にふけるのである。装具の重量はぎしぎしと骨身にこたえ、黒い土の道路がいつまでもつづいた。

（新戦場よ。何というなまぐささぞ）

いく月前か。綿畑には、藍衣《らんい》〔青い服〕の農民は袍子《ほうし》〔中国式の長い上着〕ひとつで、たくましい肉体を見せて鍬《くわ》をふるっていただろう。夏の日に汗して見はるかす大陸の土を掘っては新しい生命をかんじ、いくつかの銀片に笑う農夫の女房の丸い扁平な幸福な顔もあっただろう。子供たちはクリークのふちの竹林にあそび、老婆は微風《そよかぜ》に皺だらけの肌を冷やして孫たちを眺め、美事な棺桶の塗りのよさに満足していたろう。何というかわりかただろう。米は実って戦火に倒れ、綿の花は軍靴の泥によごれている。大地に眠る支那人の祖先の墓は射撃のためのよき地物《ちぶつ》となり、幾十発の弾丸《たま》をくらっているかしら。雑木林は遠くうすむらさきにけぶって、美しいのどかな大陸の姿であるのに、租税の重圧に苦しみながらも平和の光にみち、あかるい月に、仲秋月餅《ちゅうしゅうげっぺい》を食べたであろう民家の中庭は避難の際に投げ出されたがらくたに埋《う》もれ、支那兵の死体がくされ、略奪にふみ荒らされて、そして炎々《えんえん》と燃えている。黒いけむりをあげて、大陸の大空に燃えている。また、砲弾に壁はくずれ、菊の花は土にまみれて、空爆のあなっぽこに腕のない死体がころがり――

（ああ、戦禍を見よ）

陽《ひ》やけした農民たちは、戦火に追われてどこに行ったのか。

稲は寝て、穂は空しく泥土にまみれている。

「チャンも、つらかろうな。この米を収穫出来ず、家は焼かれ……」

僕たちの部隊は進む。

焼けた家の臭気、死体の臭気――戦線の胸をつくような臭いは強くなってゆく。

桑園《そうえん》に軍馬が倒れ、蘘がその屍を掩《おお》い、赤い犬が、さもしい眼をしてよろよろと走る。（戦争というものは――）

僕はこの荒涼たる新戦場の生々しい風景を眺め、四散した善良な農民をおもい、進撃するわが姿を空想し、恋人や、友人や、肉親のうえに思いをはせ、失われてゆく彼我の多くの生命の行方《ゆくえ》を考え、戦争とはと考えた。しかしそれは広漠たる果てしない海のようであった。戦争とは、一本の光りが僕の頭をかすめては消えた。（戦争とは、わからない）

僕は僕の堂々めぐりする思惟をうちやった。

（戦争とはと、考えて何になろう。この生々しい戦争をみよ。どこまでもつづく大地の傷痍《しょうい》をみよ。戦争のまっただ中にあっては、発展せぬ論理よりもひとつの力が必要なのだ。その力はおのれを鞭《むち》うち、黙々と、勇敢に先進させる意志である。この巨大な刺激的な、肉体そのもの、皮膚全体にすらのしかかってくる戦争の風景を、なんでひとつのことばにまとめ得られよう。戦死の刹那《せつな》の生命の行方は天にあろう。けし飛んだ片腕はすでに他人のものの如く土の上にころがった物質にすぎぬ。弾丸一発は肉体を左右する意志を、肉体から切り離してしまう。あのころがっている死体をみよ。あれはうすぎたない意志なき蝋《ろう》人形にすぎぬ。恋人よ、友人よ、父母よ、おん身は、静かに土に化してゆくわが身を見守れ。われは、往《ゆ》かん。銃火の洗礼に敢然と進まん。このひるみなき意志を、人形の如くに化したるわが肉体の中に求めて歓喜せよ。支那兵すらも、抗日救国のスローガンに敢然として死を惜しまぬ。ああ、なんたる荒っぽい、しかして寥々《りようりよう》たる〔ものさびしい〕感慨ぞ。冬もすぎ、春もすぎ、夏は来《きた》り、秋は去る。春秋はかさなれど、死生《しせい》なんぞ異なるべき。異国の戦場の土に消えて、なんの恨《うら》みのあろう）

何という、くだくだしい感想であろうか。意味と意味とが反発し合っては結びつき、滅裂する感情の中に感情はわく。知識も哲学も一切が挙げて遠い過去の記憶となり、ただ、一匹の馬の死体の尻の穴からのぞく、苦しまぎれのあおい糞《くそ》のみが、わが生存を意識せしめるのである。そして、むくむくと民族の血が脈うって、あさぎ色の支那兵の鉄かぶとに、あおぶくれた彼らの死体に、敵意がみちあふれてくるのである。

勝たなければならぬ。

やっつけなければならぬ。
そのほかに、何の道があろう。

敵意は益々熾《さか》んに

遠い砲声はないけれども、小銃弾はぶすぶすと眼の前に音をたてた。僕たちは一列になって道路から畔《あぜ》にうつった。雑木林の中の小さな部落が○○本部である。

ヒュウウ――と唸《うな》りを生じた迫撃砲弾が落下しだした。小銃弾もしげくなった。顔みしりの兵士がいた。寄って来て、故郷のはなしをし、戦死した戦友を語った。桑の木の垣にかこまれた畑（しかし、ふみつけられて広場の感じであった）で、めいめいに語り合う声は迫撃砲の唸りのたびに消え、話し手、聞き手はそのたびに首をすくめた。

夏服を着た戦線に故《ふる》い兵士は、しなびた顔に、歯くそのたまった歯をみせて笑い、

「そのうちになれて、平気になるよ」

という。

ここにも樹下に馬が死んでいる。臭気は鼻をついた。

僕は平時に知っている浅間部隊長を民家にたずねた。浅間部隊長は僕の部隊長であり、僕はその部下のひとりである一兵卒にすぎぬ。戦争というかたちが僕の頭にぼんやりとうかんだ。民家に入ると将校たちが、室内に構築された掩蓋壕の丸く盛り上がった土の上で飯を食い、地図をひろげていた。その家をぬけると、白壁の塀があり、そこで部隊長は空をながめていた。ワイシャツがよごれていない、軍衣をぬいだ姿勢である。スリッパをつっかけて、神経質らしく黒っぽい靴下の埃《ほこり》を指先でつまんで捨てた。

浅間部隊長は痩身で高い。さして、やつれてもいなかった。

「参りましたよ」

僕は部隊長に敬礼した。

「お、君は、松村君か。遠路ご苦労だね」

眼を細めて笑って

「おや、君は、兵隊で来たのか」

そして、特徴のある声でハッハッハと、ふたたび笑った。

戦線千里。

「ご苦労ですなあ」

僕はしんみりと挨拶《あいさつ》をした。そして、一枚撮《と》らせて欲しいといった。

「こんな姿だから」

浅間部隊長は断わった。「この次に撮って貰うよ」

平和な会話である。（ああ、この次、この次に撮る機会はあるかしら）

「君のカメラは何かね」

「バルダックスですよ」

「ほう、フランスにはバルザックという作家があったね」

僕は部隊長に別れて、もとの戦友たちの休憩している畑へ出た。雨が蕭々と降り出した。民家の前の竹林がさあさあと雨に鳴った。雨に人馬の屍臭はつよくただよう。

やがて整列して、浅間部隊長の訓示があった。新聞社の写真班がひとり、墓の屋根（小さな築地塀《ついじべい》のような墓である）に上《のぼ》ってシャタァをきった。クリークにそってふたたび前進が開始される。畔道を一列になって行くのである。雨は降りそそいで戦場は煙《けぶ》り、楊柳は静かに葉をおとす。いよいよ最前線へ進む。僕の胸は緊張に痛んだ。綿の花はうすよごれて、軍靴にふみにじられた。畔道はぬかるんでずるずるとすべった。

あの部落が○○本部だという。百メートルである。と、急に、ばさばさと綿の茎がゆれて、プスプスと大地がうずいた。敵の射撃をくらったのである。綿畑のうねに伏すと泥土が軍服を汚し、冷たい泥水が膝にしみこんでくる。射撃は猛烈になったが、敵影はみえず、ただ綿畑がばさばさと鳴るのみで、こんなものが当たれば死ぬなどとは思いもよらぬことである。

「松村ァ、姿勢が高い」

誰かが叫んだ。

僕たちは走った。ねばりのある赤黒い土が軍靴にくっついて走る足が重く、息がはずんで呼吸が苦しい。甘藍《かんらん》〔キャベツ〕の畑の青さが眼に入ると僕はごろんところがった。心臓が猛烈に運動して、吐く息は大きく区切れる。

「むむう」

うなる声がした。

はや、誰かがひとりの兵士の装具を弾丸の中ではずしている。兵士の顔色はまっさおになっている。

「駄目だよ」

と叫んだ。

「誰だ、やられたのは」

「わからん」

僕の眼底には、倒れた兵士の蒼ざめた顔が灼きついた。

「心臓の鼓動も止まったぞ」

兵士はぐったりと畑土に寝かされた。

「おや、手まわしのいい奴《やつ》だ、認識票に自分の名前をちゃんと刻《ほ》ってあるぜ」

生命が、まのあたりにひとつ昇天した。

部落にたどりついて大きな窓の竹藪にふる雨を眺め、ちょろんちょろんとおちる屋根瓦の雨《あま》滴《だ》れを携帯のアルミのコップにうけた。底に埃が沈んでいたが、すき透《とお》ったきれいな水だった。

僕はごくんとひとくちのんで、クレオソート丸《がん》をふくんだ。病気になるとつれえぜ、行軍の途《と》次《じ》、馬車の上から注意してくれた特務兵の言葉を思い出したのである。

雨の中をヒュウウン、ヒュウウンと迫撃砲弾がそこいらに落下して炸裂し、畑土と野菜をはね上げ、パァン、パァンと自動小銃の炸裂弾が気味悪い音をたてて頭上を飛び、竹林の竹をピンピンピンとかすめた。

「敵の顔をみもしないで……」

泥を顔にくっつけた戦友の一人がつぶやいた。

「雨水だと大丈夫だろうね」
○隊の特務兵に、その体験をきいている。いのちを惜しむ、さむらいの心である。兵士は僕を真似《まね》て、雨滴れをアルミのコップにうけている。
「可哀《かわい》そうに……」

妙にさっきの射撃をくらった興奮が、まだざわめいて兵士たちの心をうごかしているのである。まっさおに変わって行った戦死した兵士の表情と、ごとりと畑土に寝かされた空しさ。僕の胸にはいいしれぬ哀傷と、腹の底から湧き上がる支那兵への敵意は、ぶすぶすといぶって来る。

迫撃砲は土をはね上げる。

僕はここでも知った顔を、戦火にやつれた知った顔を見出して、戦線と故郷の話を交換した。

ここからさらに三百米《メートル》、陣地を構えて僕たちを睨《にら》んでいる敵をひかえた最前線に出る。おととい占拠したばかりの新しい戦線である。

白壁の厚い練塀《ねりべい》をめぐらした部落は戦火に焼けて、まだその余燼《よじん》を立てている。ぞろぞろと部落の中から兵士たちが出て来た。

（ああ、最前線！）

僕のまたしてもの詠嘆的な口調を許していただきたい。庭はぼろ家具と、ねり上げた泥土で足のふみ場もなく、新しい若い支那兵の死体がころがっている。陰鬱な、なまぐさい最前線。

「来たか！」

感慨とよろこびをこめて、戦線古参の兵士たちは叫んだ。

「どんなに待っていたか知れんぞ」

みんな涙ぐんで笑っている。

戦場の臭気は高く、日ぐれの最前線は静かだ。

手と手をしっかりと握り合って
「苦労したぞ」

という。

「無事で何よりだった」

涙が頬をつたう。

「Kも死んだし、Sもやられたよ」

次々に口のはにのぼってくる知人の姓名は、すでに空間に見えない存在となっている。

「煙草はあるかい」

「あるよ」

新しいチェリーの缶を切る。

兵士は、切り口を美しく見せて缶につまっている煙草の匂いをかいで叫んだ。

「ああ、たまらん」

「ああ、みんな喫ってくれ」

僕は胸にこみ上げてくる感激を押し出すように、夏服を着てやつれている兵士たちにチェリーを差し出した。

「飯を早く炊こう」

「火を見せると、迫撃砲の集中をくらうからね」

ぬれた身体を焚火《たきび》にあぶって、あたたかい、くさいクリークの湯をのんだ。

「便所といってはないが、糞をするとき気をつけろ。地形地物を利用して糞をするんだな」

「腹をこわさぬようにしろよ。戦闘中一日三十回も下痢してみろ、たまらんからな」

「みんなそいつにやられたのだからね」

蒼黒い顔には、あわれな髯がのびている。笑いながら体験と注意を語ってくれる戦線の古参はしかしみんな元気で、戦線の何も彼《か》にもなれていた。

「攻撃のときには、地物の利用を忘れちゃだめだよ」

「なれてくると、弾丸の方向がわかって来るけれど、十分注意しなきゃァ」

焚火はいぶって、家屋の天井を這う。

「チャンもなかなか頑強だぜ」

「しかし、突っ込んだらこっちのもんだ。大てい手を合わせてじっとしているんだから」

「チャンも、夜襲にやってくるぜ。今夜あたり来そうだよ。チャルメラを吹いて、ラッパを吹いて、なかなか賑《にぎ》やかだよ」

あのときはこう、この時はああと、戦闘の体験から得た注意が出る。僕たち新参は一生懸命に耳をかたむけた。

飯が出来た。

「ああ、臭い、食えん」

新しい兵士が飯盒《はんごう》の蓋《ふた》をとって、ひとくち口に入れてつぶやいた。焚火のおきのみが赤く、外は雨にけむって夕色は深い。

「そのうちに食えるようになるぜ」

故い兵士が、ばさばさと飯盒から黄色い飯をかき込みながら笑った。

支那の箸《はし》、支那の茶碗、支那の湯呑《ゆのみ》で飯を食っている兵士もいた。僕は羨《うらやま》しいような気持ちでそれを眺めた。

「もうそろそろ、豆をいるのがはじまるぜ」

やがて、その言葉の通り支那側の射撃がはじまった。朝までつづくのである。

「あれだけ弾丸をうてば補給も大変だろうよ」

故い兵士がうそぶいた。

ばりばりと壁に当たって、壁土がおちた。

新しい兵士たちは首をちぢめた。

その夜、故いものと新しい兵との組合わせで歩哨に立った。雨は首すじに流れ込み、弾丸は、強い勢いでピュンピュンと身辺をかすめた。交替して、綿花を床にのべた上に寝て天井をみると、砲弾のあとが、ぽっかりと穴があいて、雨がばらばらとそそいで来た。

竹がばさばさと鳴っている。

僕の参戦手帖から（1）

黒い一等兵
予言は取消し
ただの世間ばなし

黒い一等兵

彼はまったく色が黒かった。だから笑うと一だんと白い歯が目立って、あばた面《づら》だけに愛嬌がなく、かえって物凄い顔に見えた。

「おい、絹川《きぬかわ》、お前はどっちを向いてるんだ。お前の顔の裏表《うらおもて》はどう見分けるんか」

僕たちは退屈さえすれば女房や恋人の自慢ばなしをはじめるのだが、その話の種がなくなると、黙って壕の中などで戦友のおしゃべりを聴いている絹川一等兵をからかった。するとも、いつも白い歯をむき出しては怒った。その怒り方が面白くて何回も何回も〝顔の裏表〟で怒らせた。

○○○の攻撃に移る三、四日前、僕たちは○隊予備になったので、歩哨や警戒に立つほかは、食うことと、眠ることと、おしゃべりで、のんびりした日が続いた。掃討した民家でぬくぬくと寝ることが出来、装具も薬盒もはずしてのびのびといのちを楽しんだ。上海方面の秋晴れの空はあくまでも蒼く冴《さ》えわたって、紅葉した雑木林の樹々や枯れかかった竹藪の笹のふれ合う音は実に気持ちよかった。クリークには死体は浮いていなかったので、人間のだしの出ている茶や飯から解放され、ただときどき見舞ってくるハーチャン（迫撃砲）の音に首をちぢめて笑いころげておればよかった。小銃弾が高くビュウーンビュウーンと飛ぶだけで、悠々と糞も出来れば飯も炊けたし、あのたまらない屍臭になやまされることもなかった。

こんなときこそ絹川一等兵の腕の見せどころだった。彼は現役時代、専務兵（炊事兵）だったので、どこからか支那鍋をみつけて来ては、水かげんのいい飯をほっこらと炊いた。彼はお世辞嫌いでむっつり屋で、ざっくばらんで、怒りん坊だったが、それでも世話好きで、頼まれるといやだとは言えない性《しょう》だった。

「おい、裏表、俺のメシもたのむぜ」

誰もが彼に炊事をおしつけた。何しろクリークの水を掬《すく》って米を磨《と》ぎ、眼をまっかに煙で痛められて飯盒メシを炊くのは好きにはなれない。それに飯盒の尻がまっくろになって油煙がきたなくって仕方がない。戦線できれいもきたないもないもんだが、やっぱり兵隊でも、ちょいと身ぎれいなところが欲しいのだ。俺の赤い襟章は上陸以来、汚したことはねんだぞと言えば、みんな感心するのだ。この戦闘帽は内地出発以来、土の上においたことはないんだと誇れば、みんなそのお洒落《しやれ》っぷりをほめるのだ。それよりも、まず飯を炊く間に休みたいのだ。故郷のおしゃべりがしたいのだ。盆おどりのうたを歌いたいのだ。その点絹川は、故郷のことも、父のことも、母のことも、また恋人のことも語らなかった。戦友たちの噂にきくと、彼の母は小さいときに彼と別れてアメリカかどっかにいるとのことだった。

その部落に、逃げ遅れた七、八歳の少年が二人いた。だいたい、黒ン坊で、あばた面で、愛嬌のない絹川に子供がなつくなんておかしい話だが、二人の少年が絹川についてはなれないようになってしまった。彼が飯の用意をするときに、二人の少年はきまって手籠《てかご》に野菜類をうんとこさつめこんで彼に進上した。彼はお礼の代《か》わりに、そんなとき、まるでなぐるような荒っぽい手つきで、

「やあ、餓鬼《がき》、ご苦労」

と頭を撫《な》でてやるのだった。

「おい、裏表も分かんないの、ひどくチャンの子供に好かれたな」

冷やかすと
「うふ、日本人の餓鬼だと、俺がそばへ寄っただけで泣き出すんだがな」

と笑った。

野菜を洗って来ようとする支那の子供に、いいからお前は休んでいなと、自分で洗いに出て足をすべらせてクリークに落ちこんだことがあったが、そのとき一番に救《たす》けに走ったのが二人の少年だった。みんな手を叩いて笑った。

「おーい。いよいよクリークの泥で裏表がわからなくなったじゃないか」

誰かがこういうと、みんなまた腹をかかえて笑った。ずぶぬれになった彼の姿がおかしいので、さらに笑いが爆発した。すると、大柄の方の少年が恨めしそうに僕たちを見ていたが、しくしくと、しゃくり上げて泣き出した。小柄の少年の方が、部落の陽だまりに丸くなって笑いはやす僕たちに向かって、物凄い速度で何かわめき出した。何か非難の言葉に違いなかった。笑うということに餓《う》えている僕たちには、そのありさまがさらにおかしく見えて、笑いひやかす声は益々強くなるのだった。絹川は軍衣をぬいで水を絞りながら、

「貴様《きさま》たちは薄情な奴だぞ」

と怒鳴《どな》った。

ひとりの子供は泣きながら、ひとりの少年は僕たちに怒りながら火を焚《た》いて、絹川の服を乾かしはじめた。彼もその火で、シャツのままの身をあぶっていたが、

「もういいから支那の餓鬼は泣かせてくれるなよ」

と僕たちに言った。

「なんやァ、裏表があんなしおらしいことを言ったぜ」

誰かが半畳《はんじよう》を入れた〔からかった〕。しかし絹川の言葉が出たとき、もう笑いは半《なか》ば静まって

いた。何かしら、僕たちの笑いに温《ぬく》まった腹の底に、冷たいものが流れたのだ。しかし、次の絹川の言葉は、僕たちの笑いをばったりと止めてしまった。絹川は奇妙な姿で哀しそうに笑いながら言ったのだった。

「餓鬼というものは、いいもんじゃないか。それなのに、俺のおふくろは……」

夕ぐれて来て、迫撃砲が繁くなった。小銃弾もはげしくなって来た。道とはいわず、田畑といわず、迫撃砲は大地を爆発の音といっしょに跳ね飛ばした。

「飯にしなきゃァ」

絹川は手際よく裸のままで支那鍋を手製のかまどにかけた。夜になって煙を見せると迫撃砲の目標になって危険なのだ。煙が民家の土壁を這い、すうっと竹藪の方に流れて行った。みんなそろそろ掩蓋壕の掘ってある民家に入って行った。

「絹川、お前おふくろのことを言ったな」

「ああ、ちょいと口をすべらせたんだ」

「いくら、餓鬼が可愛《かわい》いもんだと言ったって、裏表もわからねえような餓鬼のお前を想像してみろ」

「うん、なるほどそうか」

絹川は大声で笑った。僕も大きく笑ってやった。僕の眼から涙がこぼれた。二人の少年は土の上にあぐらをかいて、絹川の服を乾かしながら、僕たちを見るともなく眺めていた。

その翌々日の戦闘で絹川一等兵は右大腿部を機関銃にやられた。さらに攻撃配備につくときだったが、小さな支那の家の安全な側に担架《たんか》の上に乗せられて横わっている絹川を見舞ってやった。だいぶん、出血がひどいらしい。動脈をやられたのだろう。黒い彼の顔は蒼白だった。

「おい、絹川、しっかりしろよ。骨にかかってないんだろう。早くよくなって帰って来いな」

「ああ、骨は大丈夫らしい。これから攻撃かい。気をつけてやってくれ。ところで……」

彼は弱い声で、とぎれとぎれにこう言って、痛いのを我慢して笑ってみせて

「ところで、俺は黒いから、裏表もわからねえから、こんなに出血が、ひどくても、蒼くなんかなってないだろう……」

「ああ、相《あい》もかわらず裏表がわからねえよ」

僕は胸からのし上がってくるかたまりのようなものを、ぐっとこらえて答えた。

彼はその翌日、野戦病院で死んだ。

予言は取消し

上海戦線は雨。

絶えまない友軍の砲声は低いくらい天をゆすぶり、殷々《いんいん》と響きわたる音に雲はますます濃く垂れる。綿畑の土も、二、三寸のびた麦の畑の土も、野菜畑もひどい泥濘《ぬかるみ》になって、ごぼりごぼりと軍靴を吸い込んだ。一歩一歩にまったく力が必要だった。それにクリークに副《そ》った畔道は、ともすればずるりとすべりそうで、時々ざぶんとクリークの中に落ちる奴らもあった。背負袋はぎしぎしと右肩に銃の重みが加わって食い込むし、腰骨は弾薬盒につまった弾薬の重さに痛い。銃も軍服も手も顔も、支那何千年かの歴史に肥えた強い香《にお》いの土にまみれた。

流弾や跳弾は不気味な音をたてて身辺をかすめ、竹林の笹の葉や、雑木の葉が落ちる。口の中に雨と汗が流れ込み、迫撃砲の近くに落ちるたびに土くれが飛び込んでじゃりじゃりした。

部隊移動の命令を受け取ったのが午前三時、夜は明け放《はな》れて、もう昼もすぎようというのに、僕たちは黙々と歩きつづけているのだった。中秋《ちゅうしゅう》の雨の冷たさはひしひしと身にこたえるのだが、身体の中からは生あたたかい汗がじくじくと流れ出して、いまにも大病にやられそうな気持ちだった。鏡があって、わが姿を見たなら、きっと自分の姿にふき出して、その次には涙をぽたぽたこぼすだろう。

「おい」

うしろから中村一等兵が僕をこづいた。

「なんだ。みっともないぞ。そのへっぴり腰の歩きっぷりは」

「股ずれで、真赤《まっか》になってるんだ。痛いんだ」

事実、僕の左の内股は真赤にすれて、一足《ひとあし》一足がそのところを針でひっかくような痛みだった。

「俺がクリークにすべり落ちたのを笑ったが、こう雨のおかげでみんな同じようになると、お前のへっぴり腰の哀れが目立ってくるぞ」

中村が笑った。

「おい、俺の痛いのを笑ってると、お前の方が今度は跛《ちんば》〔片足が不自由な状態〕になるぜ」

いまいましさに僕が言った。

（もう、十分も歩けば休憩になるだろう）

背負袋をゆすぶって僕たちは歩きつづけた。

「おい、もう近いぞ」

また、中村がうしろから僕をこづいた。彼の指さす方に、支那兵の死体がぼつぼつところがっていた。

「もう、せいぜい二キロだな。この辺で休憩して後はもうひとふんばりだ。さて、しかし今夜は雨にぬれないで、ゆっくり寝かしてくれるかな」

僕の前を行く大山上等兵が軽機〔軽機関銃〕を左の肩に担《かつ》ぎかえて言った。

――休《きゆ》ゥ憩《け》ィー

前方から砲声をきりぬけて元気な声が飛んで来る。命令は次々と後につづく兵士たちに逓伝《ていでん》されて行き、その声の流れにそうように僕たちは、泥濘の中にばたばたと坐《すわ》り込んだ。そしてまず軍靴に噛《か》みついている支那の土を木片《こっぱ》でこすり落とした。身体の力がすうっとぬけて行くようで、どろどろの畑土に長く仰向けに寝て、秋雨《あきさめ》に顔をたたかれていると、なんとなく涙が流れ出した。

目のとどくかぎりが大地の拡がりだ。

ところどころ雑木林があり、竹林があり、民家があっても、人っ子ひとりみえず、雑木林は半ば焼け、竹林の竹はバリケードに切り倒され、民家は砲火にくずれている。綿の花はそのままに雨にたたかれ、麦の芽はふみつぶされ、黄金色に実った稲はもうぐったりと大地に這っている。

「俺はな」

軽機の大山上等兵が大きな手のひらでぶるんと顔の雨つゆを払って
「いま、何がいちばんしたいかと考えているんだ。白い米の、ぬくぬくとした飯を沢庵《たくあん》で茶づけにしてみたい、煙草を充分すっぱすっぱと喫ってみたい、女房と寝物語がしてみたい。こう思ったんだが、ひょっとあの倒れた稲をみると、もう刈りたくってしょうがないんだ」

こう言って起《た》ち上がった。そのとたん、彼はうむと唸った。倒れた。顔色がさっと蒼ざめてゆき、ぐったりとすると、もうそれでおしまいだった。小銃の流弾一発。

前進ィん！

ずっと、うしろで馬がいななないた。

「隊長殿！　大山上等兵戦死」

僕たちは後に居残って大山の死体の始末をしてやることになった。部隊は動き出した。誰も何も言わず大山の塚穴を掘るのだ。

黒い重い土のついた軍靴は、大地をこねり上げこねり上げて前進する。

「死んだのか」

「ああ。谷山村の大山喜市《きいち》だよ」

前進する兵士の質問に、塚穴を掘りながら答える。

「おお、こんな石、大山が眠るのに身体が痛いよ」

中村が穴の中の小石を拾っては投げた。小円匙《しょうえんぴ》〔携帯用の小型シャベル〕を握る手がすべり、涙が土によごれた頬を流れる。

「この雨では、大山、お前を焼いてやれない。あとできっと、焼きに帰るからな」

穴に死体を寝かせて、黒い土をかけた。大山といちばん親しかった黒田はいままでひと言も言わなかったが、黒い雨にやわらかい土がばらばらと血に染まった大山の軍服にかかると大声で泣き出した。いままでにも、何度もくりかえされて来たことなのだ。しかし、僕はグッグッとこみあげてくるのをこらえるために唇を噛んだ。

歩兵部隊は通過してしまって、大行李《だいこうり》の列がつづいている。

「ざ、ざんねんだったろ。大山。戦闘でやられたんだったら、お前も諦《あきら》められるだろうがなあ」

黒田は身悶《みもだ》えて、言った。

大行李の痩馬《やせうま》が、鞍《くら》ずれで腰骨のあたりをあおく膿《う》ませて、首を垂れて歩いてゆく。

その夕方、どうやら僕たちはゆっくり寝られそうだった。僕たちは予備隊となって第二線の民家に宿営した。しかし、背負袋のほか装具をはずすことはいけなかった。背負袋を枕に、各自、銃を抱えて眠れという命令だった。

砲兵陣地が僕たちの宿舎のすぐうしろの竹林にそったクリークの線に敷かれた。やがて砲門が開かれて、物凄い音響は僕たちの耳の穴の中に飛び込み、竹林には硝煙が低く這い、たれこめた。もう飯は食ったし、歩哨に立つまで何もすることはなかった。僕は小暗い民家の敷居に腰をかけて、ぼんやりと頬杖をついて、眼の前の道を、どろどろの土の足首までつかる道を行く大行李の列を眺めていた。しくしくと雨にぬれた肌がつめたく、革の芯までぬれた靴底は足に冷たかった。特務兵たちはてんでに支那の布地で前掛をして、顔をどろんこにして馬を追ってゆく。ぶきっちょに歩く馬の足が哀れに眼の前を通る。

夕ぐれの色が濃くなってゆくにつれて寒さは増してゆき、砲兵陣地をめざす敵の迫撃砲がひどくなって来る。隣《となり》部隊はすでに薄暮《はくぼ》攻撃に移るのか、遠く敵のチェッコ〔チェコスロバキア製の軽機関銃〕や重機〔重機関銃〕の音がしげくなり、ヒュウン、ヒュウンとこのあたりにも小銃弾がやって来はじめた。

まったくだ。こんな弾丸にやられるのはざんねんだ。僕は丁度《ちょうど》僕たちの民家の上でパァン、パァンと鳴る炸裂弾の音と、あの尾をひくような弾のうなりをききながら大山の戦死のときのことを、もはや古い歴史のように思い出していた。——結局この辺で宿営することになるのだろう。大行李の列はつづく。ああ、こんな弾丸が馬にあたらなければいいが……、僕はふッとそんなことを思った。眼の前を疲れた馬と特務兵が行く。……何という長い顔だろう。どの馬の顔もじっと見ていると長かった。どの馬もしょんぼりと善良そうな目の玉だ。どの馬も重い荷物をつけて鞍ずれした皮膚が蒼黄色く化膿している。馬はいななきもせずに手綱《たづな》をとられて歩いてゆく。馬も砲声になれたのだ。殷々と響く音に耳もうごかさない。

家の中では豆殻《まめがら》〔豆から実をとったあとの茎・葉・さやなど〕を焚いて、迫撃砲の見舞ってくるたびにどっと笑い声が起こり、歌声がした。

「何をぼんやりしてるんだ」

肩をたたいて、うしろから中村が僕の顔をのぞき込んだ。

「いや、馬の顔が長いんで、感心してるんだ」

「なあんだ。のんきな奴」

中村は僕の横に割り込んで来て坐った。

「立哨時間は？」

「十時から十一時までと、五時から六時までとさ」

「じゃあ、俺といっしょじゃないか。眠るなよ」

中村はこう言って、笑って煙草をとり出して僕の前に出した。

「おや、豪勢だな。どうしたんだ」

「大山がやられる前さ。砲兵さんに三拝九拝して貰ったんだ」

一本ぬきとったルビー・クインは甘い匂いがした。

「一箱とれよ」

「本当か。ありがたい」

煙がゆらゆら軒下から、雨の夕景の中に消えてゆく。

その煙を見つめていると、何という美しさ。

跳弾が行く馬にあたった。長い首すじにあたったのだ。どさりと、糧秣の箱をつけたまま、もろく泥をはねて倒れた。死んでいた。

——ああ、痩馬一頭、遂に倒れたり——

その馬をひいていた特務兵は
「あおの馬鹿」

と言って、死馬の首を抱いていた。僕は何かしら、ぞっとした。若い、髯のうすい特務兵は泣きながら首輪をはずした。あとからつづく馬は、彼の同輩の死体に鼻をすりよせて、小さくいななき、追われて歩き出した。

「俺は夕方、馬を見ながら、弾丸にやられなければいいがと心配していたんだ」

まっくらの、何かしら特有の匂いのする土煉瓦の壁の民家の土間に、豆殻を敷いて天幕《てんと》をかぶって寝ながら、僕は横の中村に話しかけた。

「うん」

中村はもう半ぶん眠っているらしい。

「それでね、俺はお前に取消しをしようと思っているんだ。あの馬がどさっと倒れたとき、俺はお前に言った言葉がはっと頭に浮んでぞっとしたんだ」

「うん」

「きょうの昼、移動の途中でお前が俺をひやかしたろう。あのとき、お前こそ跛になるぜと言ったが、あいつは取消しだぜ」

中村はもう返事をしなかった。すやすやと眠っているのだ。僕は昼間の大山の最後の事をふたたび思いうかべ、この中村が跛になるのを見たくないと思った。中村はいま言った取消しのことばをきかなかったにちがいない。あすの朝もういちど、はっきり取消しをしなければ大変だと考えているうちに、入りみだれている砲声が遠くになってゆくような気持ちで、僕は眠りはじめた。

ただの世間ばなし

僕の、泥で重い軍靴をコツコツと蹴った。

「ちょっと」

指揮班の若い現役兵だった。——いつ攻撃命令が降《くだ》るかわからないというので相当緊張していたつもりなのだが、前夜三回も歩哨に立ったので、豆殻の上にごろりと横になって晴れわたった蒼い蒼い空の見える四角い窓をぼんやりと眺めているうちに、うつらうつらと眠っていたらしい。まったくいい気持ちだった。四角い窓から蒼い秋の空の中へ僕の心が消え入ってしまって、眠りの中で僕は美しい、きれいな匂いをかいでいた。なんとなく内地の夢のようで、その夢がはっきりとかたちになって現れようとする、楽しい期待のある漠然とした夢だった。

「なんだ」

僕は不機嫌だった。寝たまま彼を睨みつけると、

「ちょっと」

こう言って笑っていた。彼はまだ夏服を着ていた。その服は彼の戦歴そのままに傷《いた》んでいた。それにしても、髭《ひげ》のうすい若い可愛い兵隊だった。夢の中のいい匂いはもうすっかり消えてしまって、死体の臭気の火事場のような戦線の臭気が、むかむかと僕の肺臓に流れこんでくる。

「いいもの」

彼は僕の表情を無視して子供のように笑っているのだ。僕の横にしゃがむと口をよせて来て
「隣へね。連絡に行って来たんですが、民家の中で紅茶をみつけたんですよ」

と、ささやいた。

「さあ」

彼は僕の手をひっぱった。支那兵の死体が、焼けた家屋の壁ぎわに二つ三つころがっていた。朱塗りの豪華な卓子《テーブル》や椅子が、泥にまみれてころがっていた。僕たちの宿舎——民家から這い出すと、ダダダダと敵の機関銃が見舞った。出口のくすんだ白い壁土がドサドサと落ちた。

「あの小屋で沸かしてるんです」

小屋まで十メートル、その間、敵の前線から見通しで、大変なぬかるみだった。

「やつら、この中間に機関銃を据えてるんです。危《あぶ》ないですよ。貴方を呼びに来る途中、仏《ほとけ》になるところでしたよ。さ、パッと走りましょう」

二人でパッと走ったあとへ、案の定ダダダダとやって来た。

「やっこらさっと。呼んで来ましたよ」

小屋の中は、小まめに掃除されていて、豪勢な紫檀《したん》の卓子に、朱塗りの椅子が手ぎわよく並べられていた。敵と反対の方に窓があって南の陽が流れ込んでいて、なるほど、これは〝小さな喫茶店〟だった。

中に指揮班長の日村《ひむら》伍長と、大正九年兵の樽谷嘉十郎《たるやかじゅうろう》一等兵がいた。

「どうです」

部屋の中を見渡して日村伍長が笑った。

卓子の上にはなんとアサヒビールと白い小さな文字の入ったコップが三つ、それに白無地のコーヒー茶碗が一つのっかっていた。しかも、南の窓から見えるのは蒼い空、欅《けやき》や櫟《くぬぎ》の樹肌と枯れかかった葉、何という美しい楽しい風景だろう。ここでは戦争を思わせるものは、僕たちの服装と、〝音〟だけだった。どうして、これが敵前三百メートルの陣地と思われよう。

「さあ、どうぞ」

僕は大人《たいじん》のようにすすめられて朱塗りの椅子にかけた。

「和田、お前はボーイだぞ」

日村伍長が笑って言った。

「ハッ。班長殿、この際ボーイで我慢しますよ」

若い現役兵、和田一等兵が答えた。

「実はね。貴方を迎えて、ただの世間ばなしをしようと思いましてね」

樽谷一等兵が落ちついた口調で言った。呉服屋の主人で、実直な旦那だった。子供が五人もあるというのに、志願して戦場にやって来た男だった。なすことすべてがもうしっかりとした旦那で、星二つの肩章のついた軍服を着て、綿畑の中を這ってジリジリと攻撃するときなど、横から見ていて何となく涙がこぼれるのであった。しかし、元気な呉服屋主人だった。

「砂糖が少ないので‥‥」

日村伍長が苦笑しながら和田一等兵の持って来た飯盒から紅茶をコップにうつしながら言った。紅茶の匂いがひろがった。僕はそっと雑嚢をおさえた。ここに尊《とうと》い氷砂糖がいくつか入っている。――これから幾十日も戦線にいなければならない。この砂糖‥‥

「砂糖なら‥‥」

僕は氷砂糖の袋を取り出した。

「いやあ、これは」

日村伍長がよろこんだ。若い現役の伍長で、もう軍曹に進級しているはずだというのだが、戦線だ、命令はまだ来ていなかった。

あたたかい、香り高い紅茶をそっとふくむと、口の中にその美しい色と匂いが溶け入るようで、何という楽しさだろう。

「クリークのあの臭みがぬけて、うれしいですなあ」

樽谷一等兵は目を細め、やつれた頬を紅潮させて感慨をこめて言った。

「ボーイさんも掛けないか」

わざと、気取った姿勢で立っている和田一等兵に僕は声をかけた。

「さあ、話をしましょう。あの機関銃の音は鉄鋲《てつびょう》をうちこむリベットの音と聞こうじゃないですか。あの砲の響きはその鉄板の響きと聞きましょう。美しいのは四角い窓の風景です」

日村伍長が歌うように言った。

「治《ち》にいて乱を忘れずと言いますが、戦線にいて平和を忘れずというのもオツですね」

和田一等兵が洒落をはさんだ。

「ただの世間ばなし、ねぇ、ただの世間ばなしをやりましょう」

紅茶のコップを手にして、手がふるえている、樽谷一等兵が興奮した声で言う。

「何でもいいのです。私たちにわからない話だっていいんです。さあやって下さい。むずかしい話だって、何だっていいんです」

この香り高い紅茶に、みんな酔ってしまったのだ。僕は憑《つ》かれたようにしゃべり出した。しゃべりながらたのしい音楽がいまここに流れ、美しい舞姫があえかに〔はかなげに〕踊る姿が見え、小説の女主人公が眼の前で行動するかのように。そのとき僕はなつかしい故郷の書斎にいた。書物はあり、音楽はあり、親しい友人と一生懸命に議論をたたかわせているのである。僕の好きなシャルル・ルイ・フィリップの文学も、チャイコフスキーの音楽も、僕の灼けるような情熱の中で三人の兵士に流れ入り溶け入った。彼らは黙々と紅茶をすすって煙草を贅沢《ぜいたく》に喫って は捨てた。四角い窓の外の風景に茜《あかね》色のさすころ、砲声は益々高なり、銃声はいよいよ強く繁くなった。しゃべり疲れた僕は最後の紅茶をのんだ。

「ときに貴方は独身ですか」

樽谷一等兵が僕にたずねた。例によって落ちついた口調であった。

「独身ですよ」

「もう、お貰いにならなければいけませんな。私など、上が中学四年でしてね。楽しみですよ。子供というものは、まったくいいもんでしてね」

樽谷一等兵は微笑して、故郷の子供たちをなつかしむように窓の外をみた。

「もう、暮れますね。美しい色じゃありませんか。女学校二年になるのが卒業したら、あんな美しい色の着物を着せてやりたいですね。生きて帰ったら、ひとつ、貴方にいいお嫁さんを世話しますかね」

「召集兵殿、いけませんよ。生きて帰ったらなぞ、それは戦線で言うことばですよ」

和田一等兵がひやかした。


その翌日、樽谷一等兵が大腿部を包帯しているところをみつけた。

「どうしたんです」

「いや、一週間ばかり前に擦過傷《さつかしよう》を負《お》いましてね。いやはや、若い人だとすぐ治ってしまうんですが、中年になりますとね、傷が治りにくくって困ったもんですよ」

と言った。

「まったく、昨日の紅茶はうまかったですね」

「うまかったですな。二度とのめますかね」

「貴方はのめますとも」

「貴方ものめますよ」

「足はしかし、大丈夫なんですか」

「どうも、痛いんで弱ってるんですが、なあにこれしき。ほらね、子供たちのためですよ」

——指揮班集合。

こんな声がきこえた。

「攻撃前進ですね」

「今朝からさかんに空爆をやってましたからね」

空を仰ぐと、澄みわたった秋の空に、日の丸のしるしのあざやかな爆撃機が飛んでいる。

「あの、和田という若い兵士は可愛い男ですよ。なんとなく、私の子供のような気がしましてね。攻撃のたびに思うんです。無事でいてくれろと。なにしろ、指揮班は危ないですからねえ」

樽谷一等兵はしんみりと言った。集合していた和田一等兵が、僕たちのいる民家の中の壕へ帰って来た。そして緊張した表情で、

「前進らしいですよ。十五時（午後三時）を期して○隊の総攻撃ですって」

と言った。

「ひとふんばり、やるかな。和田、注意してやるんだぜ」

樽谷一等兵は元気に胸を張り、そして和田一等兵をやさしく見つめた。

「まだ三時間あります。ひとつ御馳走しましょうか」

攻撃配備について、横を見ると日村伍長が左に、その向こうに和田一等兵が笑っていた。右には二メートルばかり離れて樽谷一等兵が引きしまった表情で、壕に身体を寄せてじっと前方を見ていた。

「おーい。和田。きのうの紅茶はうまかったぞ」

僕は戦闘の音響の中で叫んだ。和田はわかったという風に手を高く挙げた。僕の胸はキリキリとしまって、鼓動のおとが、わが耳にきこえた。――攻撃命令が降った。一人ずつ飛び出して走った。弾丸のうなりと土煙が不気味におどった。時間の観念が消えて夢中で進んだ。綿木が軍靴にからんだ。声が飛び交って、弾丸の音が流れ、呼吸が苦しく弾んだ。

「おいッ」

鋭《するど》い声がして、苦しいうなる声がした。パッと、危ないという間もない、樽谷一等兵が僕の前を横切った。ボサ〔草木が繁った場所〕のかげで和田一等兵が倒れ、日村伍長が抱いているのが見えた。

「腹かッ」

絶望的に樽谷一等兵が叫んだ。僕もかけつけた。弾丸は、いよいよはげしい。

「天皇陛下万歳」

苦しい声だった。それから小さい声で、お母《か》あさんと言った。しばらくして、樽谷一等兵が怒鳴った。

「和田、傷は浅い。しっかりしろ」

「樽谷さん。水、水を……」

「我慢しろ。水をのむと駄目だから。な。傷は浅いんだ」

「樽谷さん。嘘。嘘を言ったって駄目ですよ」

和田一等兵は、がっくりとなった。

樽谷一等兵は大声をあげて泣いた。

敵弾はいよいよはげしい。

僕の参戦手帖から（2）

紅葉潟の友情
お母あさん子
戦友
親ごころ

紅葉潟の友情

秋の雨は降り止《や》もうとはしない。

その雨の中を迫撃砲がいやな響きの余韻をひいて頭の上を飛び越してゆくのである。砲弾はときに、物凄い音を立てて近くの畑の中へ落ちて炸裂した。

僕たちは倒れかかった。それでも相当大きい民家の中に豆殻を敷いて、ぬれた身体のままでごろ寝して命令を待っていた。攻撃前進はあるまいけれども、斥候《せっこう》や歩哨の勤務についての命令があるはずなのである。

「のう、戦友」

考えることも、ものを思うことも忘れてしまったように、僕はただごろんと、ぐりぐりする豆殻の上に寝ているのだが、誰とも話をしたくない気持ちだった。それで、奥良兵蔵《おくらひょうぞう》がのんびりした口調で、しかも地声の大きい声で話しかけたが、眠っているふりをして黙っていた。

「思えば、胸がつぶれるわい。この戦友なぞ戦場へ来ねば左団扇《ひだりうちわ》〔優雅な暮らし〕よ。なんの不自由もなく人から奉《たてまつ》られる身の上じゃ。それがなんと、土《ど》べたへごろ寝じゃ。重い装具を身につけてよ、弾丸のピュンピュン来る田んぼの中を走りまわってよ。まあ、これもお国のためじゃ。我慢さっしゃれ。ほう、よう眠っとるわい」

奥良一等兵は誰にいうともなく僕についてこんな独《ひと》り言《ごと》を言って、煙草に火をつけた。二、三服喫うと、大きい手で火をもみ消して耳の間にはさんでやっこらさと掛け声をして起き上がり、入口から外を眺めてまた独り言を言った。

「こりゃ、ちゃん〔チャン〕の天よ、なんぼう降ったら晴れるんじゃ。このひょうろく雨が。いいかげんにしろやい」

そして再びもとの場所に帰って、また、どっこいしょと、掛け声して横になった。

みんな、昨日払暁《ふつぎょう》〔明け方〕からの攻撃前進でくたびれて、口をきくのも大儀な〔めんどくさい〕のだが、彼だけは悠然として疲れも知らず、誰もかれもが黙りこんでいるので退屈で仕方がないのだ。

「のう、戦友よ」

彼は、今度は大越《おおこし》上等兵に声をかけて、左手をひっぱって腕時計をのぞき込んだ。

「何時じゃね」

彼は時計を見ることも出来ないのである。

「もうそろそろ、夕餉《ゆうげ》〔夕食〕の仕度《したく》をせにゃなるまいがの」

「三時半だよ」

大越上等兵が、ものうげに答えた。

「ふうん、それでは夕餉の仕度には、まだ早いのう」

彼は耳の間から煙草をとって、また、二、三服喫う。

支那軍の迫撃砲と、小銃弾のうなりが雨の音の中に鈍い。

「やれこの、うるさい、ちゃんじゃ。なんぼ射っても当たりゃせんぞ、射ち方やめじゃ。射ち方やめじゃ」

「おい、奥良ァ、ちゃんの弾丸より、お前の方がうるさいぞ」

大越上等兵が言った。

「うん、そうか。あやまる。おこるなよな」

彼は大きな手で頭をかいた。それにしても、強力無双の奥良兵蔵も、戦線の労苦に頬の肉がげっそりと落ちていた。

しばらく、静かだった。

またしても奥良兵蔵一等兵は退屈ががまん出来なくなったのか、大きな声で、彼の故郷の山の労作歌《ろうさくうた》〔仕事をしながら歌う歌〕をうたい出した。

奥山の草のかりよ
栗のとーがき咲いたかのう
咲いたとのう
ぼっくらぼったと　咲いたとのう

奥山の栗の木に　栗の花が
よう咲いた　咲いたとも
咲いたとも
九つ小枝にみな咲いた

いい声だった。みんな黙って聞いていた。美しい野趣ある節は、しみじみと胸に通った。誰かが、もう一つやってくれと言った。

「あッ、おらァ恥ずかしいやな」

彼は大きな手で頭をかいて真赤になった。

飯盒の蓋もあり、どっかでみつけて来た支那茶碗もあった。

「飯盒の蓋よりも、ちゃんのものでも、茶碗の方がうまいぞ」

奥良は大きな丼《どんぶり》ほどもある支那茶碗に、クリークのくさい水で炊いた飯を盛って、いのちがけで取って来た玉葱の味噌汁をぶっかけて僕の方にさし出した。

「戦友、まあこれで食べてみろや」

日ぐれの雨は、美しかった。軍靴に踏み荒された畑も、麦の芽は青くのびて、小さな森や竹藪がかすかに煙って、枯れかかった楊柳のありさまは絵のようであった。

しかし、例によって、敵の砲弾も、小銃弾もしげくなるばかりだった。

入口に影がうごいて、びしょぬれの大西伍長が
「俺と、斥候に行く者はないか。二人あればいいよ」

と言った。

「ちょっと待って、おらが行く。飯をかっこむからよ」

奥良がいちばんに希望した。

「うん、もっと暗くなってからだ。ゆっくり食えよ」

大西伍長が言った。

「おれも行こう」

大越上等兵がごくんと飯をのみこんで応募した。

「ほかの者は、志摩伍長の下士哨《かししょう》、これは六時から立哨だからそのつもりで……」

大西伍長はこう言ってまた雨の中を出て行った。

飯が終わると、もうあたりはうすぐらく、後方の砲兵陣地のあたりに、煙がたなびいていた。

雨はますますひどくなって、友軍の砲のうなりも凄くなって来た。

「大越、奥良、用意はいいか」

大西伍長が顔を出した。

奥良兵蔵は返事の代わりに四股《しこ》をふんだ。

「いよう、紅葉潟ァ！」

と誰かが声をかけた。

「いやァ、そんな掛け声は久しぶりよ。お土産《みやげ》にちゃんの素ッ首《そくび》持って帰ろうぞ」

奥良はうれしそうに笑って、やっこらさと銃を担《にな》った。

「気を付けて行けよ」

僕は奥良にこう言った。

「うん、生命《いのち》は一ツしきゃーないけにのう」

奥良兵蔵は合点《がってん》合点した。

やがて、三人の斥候は雨の陣地の中に消えてゆき、夕闇はいよいよ深くたれこめて来た。斥候を送り出した後の仲間はひっそりとする。無事に帰ってくれるかしら。誰も戦闘帽の中や、シャツのポケットの中のお守り札《ふだ》をじっと握りしめて、祈るのである。


僕たちの勤務する下士哨の位置は、その民家の前方約二十メートル、民家をまもるように馬蹄《ばてい》型に掘りめぐらした壕の中だった。浅い壕で、底には三寸あまりも水がたまっていて、軍靴は泥濘の中にごぼごぼとめり込んだ。

「こいつは大変だ。家のところに藁があったろう。あいつを持って来て敷こうや」

誰かがうまいことを提言した。

ピュン、ピュンと小銃弾はしげくて、藁を取りに出かける僕らの身辺をかすめた。

「射ちやがるな。首も出せないぞ」

それぞれ壕に一定の間隔をとって位置をとると、藁の上に静かに横たわった。右翼から一人ずつ一時間の立哨である。

鉄かぶとを顔にかけると重く、天幕にすれば息苦しかった。眼をつぶって、まともに雨に顔をたたかせるのである。一つ一つの雨粒はだんだん冷たくなって、頬がぬれたままひりひりと痛んだ。雨滴《うてき》は静かに眼から頬へ唇へと流れ、首すじへととけ込んで行った。藁が水にしみ、その泥水がじくじくと背中にとおって来る。附剣《つけけん》した銃を抱いて眼をあけると、剣身の水滴がきらきらと光り、その重さがなんとなく快《こころよ》かった。しかし軍靴の中の足は秋雨の冷たさにちぢこまって、じぃんじぃんと寒痛い。袖口へ通した両手の指も、ぴりぴりするほど凍《こご》えた。

ときどき弾が盛土に当たって、泥土が顔にはねかかった。

前方、北の方向に炎々と雨中に何かが燃え盛って、雨雲に赤く映っていた。

頭の上をヒュウンとうなりの尾をひいて友軍の砲弾が飛んで行った。

もう、全身はぬれきってしまい、いくら雨が降ろうがどうでもよかった。この上は、順番の立哨時間まで眠ればよいのだ。

誰も口をきかなかった。砲のうなりと、小銃のひびきと、ざざざと僕たちの身体の上にふりそそぐ雨の音だけだった。

それにしても、奥良兵蔵たちは無事帰ってくるだろうか。――そのうちにうとうととし、僕はいつの間にか、壕の中に横たわり、銃を抱き、雨にたたかれたまま眠ってしまった。どれだけ時が流れたのか。僕はぼんやりとした夢の中でハッとして眼がさめた。

「誰か！」

するどい誰何《すいか》する声だった。

僕は半身を起こして、銃をしっかりと握って身構えた。

「おらだよ、宮相撲の横綱、紅葉潟じゃ」

奥良兵蔵の声だった。やがて彼は雨と弾丸の中にすっくと起ち上がって、僕たちの方にのっしのっしと歩いて来た。

「なんだ、奥良か」

と僕が云《い》った。

「おお、戦友、いたか」

僕の声をきいて、彼の声がはずんだ。

「無事だったか」

僕が言うと
「ちゃんの素ッ首を忘れた。偉そうに言って出かけたが、斥候に出てみると、そうもいかんでのう」

彼は僕の横に割り込んで来て笑った。

「ほかの二人は？」

「民家で寝とる。おらは戦友がいないけに、ここへやって来たんじゃ」

雨と、たまり水に冷えきった僕の身体に彼のあたたかい体温が伝って来た。それと同じように、彼の友情がしみじみと僕の胸にひびいて来た。

壕の中に身をちぢめて
「おらァ、学問がないけにな、戦友がいてくれんと、頼りないんじゃよ」

と彼はつぶやいた。そして彼は僕の手を握っていうのだった。

「ほんに、ご苦労なこっちゃのう。戦友。お前さんにゃ、こんな苦労はこたえすぎようぞ」

僕は彼の大きな身体にくっついて、黙っていた。

「歩哨は、おらが代わるけに、さあ眠んな」

僕はうなずいて彼の腕の中に頭を横たえた。この男をうるさがってはいけないのだ。頼まれた手紙も書いてやらなかった。明日こそは心こめて彼の女房に手紙の代筆をしてやろう……。

びしょぬれの夜さむが、いつとなくうすらいで行った。

お母あさん子

中村一等兵は僕に遠い昔の無声映画を思い出させた。どういう題名だったかも忘れたが、それは世界大戦を扱ったアメリカの映画だった。そこに出てくるのが、何の苦労も知らないで育った若い兵士で、『お母あさん子』と呼ばれる。

もちろん、中村一等兵はそのお母あさん子のようにだらしなくはなかったが、しかし万事がお母あさん子なのだった。

戦線到着の第一夜、わがお母あさん子と僕とが組で歩哨に立った。第二線なので危険はなかったが、夜に入ると戦場の生々しさが立ちこめた。初秋の夜空は晴れ渡って、遠く上海方面の空がほんのりと明るいのはフランス租界なのだろう。

小銃弾はやって来なかったが、物凄い砲声と、遠く豆を煎《い》るような銃声は絶えなかった。第二線とはいえ、戦線第一夜ではあるし、身の内がひきしまる思いだった。

「淋しいねえ」

街の子のお母あさん子がつぶやいた。

砲声と、銃声の中で、チロチロと虫が鳴いていた。夕方炊事したあとに火が残って、赤くいぶっていた。

「内地で考えていたより、ずっと凄いね」

お母さん子はまたつぶやいた。

「こんな戦場でも虫が鳴くんだね」

初秋の淋しさと戦線の凄絶さとが妙にからみ合って無気味だった。

「夕飯を食ったかい」

今度は僕がたずねた。

「ううん、くさくって食べられないんだよ。これからずっとあんなのだろうか」

生まれてはじめての、クリークの水で炊いた飯だった。しょっぱい、そして生臭い、むっと胸をついて、吐き気を催すような黄色い飯だった。

「そのうちになれるさ」

「でも、僕は弱るよ」

「馬鹿だなあ。しっかりしろよ」

しばらく二人は黙って監視をつづけた。やっぱり虫の音が美しかった。

夜が明けると、僕たちは第一線へ参加するために強行軍をつづけた。

お母あさん子は、鬼曹長とよばれる、しかしお母あさん子にとっては兄のようにやさしくて心強い横島《よこしま》曹長と並んで行軍を続けた。

道路は切られ、橋は爆破され、田んぼの中は敵の壕ばっかりだった。

「曹長殿、戦場というのはすごいですね」

元気をとりもどした彼は、さかんに横島曹長に話しかけた。

「うん、しかしまだこんなところは序の口だよ」

さきの上海事変にも出征して、負傷した横島曹長が答えた。

「中村、重くないかね」

「重いんですけど」

「よし、銃を持ってやろう」

「いいえ、曹長殿、それほど重くはないんです」

僕たちの往く道路上に、また田んぼの中に、半ば腐りかけた支那兵の死体の転がっているのが、ぽつぽつ見え出した。

「曹長殿、支那兵の死体は案外こわくないですね。ちょうど、デパートのマネキンがひっくりかえっているように見えるじゃありませんか」

「そんなもんだね」

「けれども、この臭いのはいやですね」

「戦場だ。仕方がないさ」

昼近くになって、お母あさん子は大分《だいぶ》参って来たらしい。

「曹長殿、まだ弾丸は飛んで来ませんね」

「早く、第一線に着きたいかね」

「自分は行軍はあんまり好きじゃないんですよ」

「よし、銃を持ってやろう」

「いいえ、それでは恐縮です」

「馬鹿だね。俺は中村よりは行軍は好きだから平気さ。銃をよこせよ」

「はあ」

横島曹長はお母あさん子の銃を担って歩き出した。

「そら、ちゃんの死体だぞ。中村つまずくなよ」

僕は、二人のすぐうしろを歩いていたが、目頭があつくなった。

曇った空に軽気球がうかんでいる。


もう三百メートルで第一線だった。

弾丸がピュンピュンとひどく身辺をかすめ出した。

「いいか。中村、あの民家まで走るんだ。弾丸がひどくなったら、伏せるんだぜ。決して無理しちゃいけないよ」

森かげに集結した僕たちは、一列になって田んぼの中を走った。

「敵の顔も見ずに戦死するのは犬死《いぬじに》だぞ」

横島曹長がお母あさん子に注意した。

お母あさん子は、顔を緊張させて肯《うなず》いていた。

伏せては走った。

弾丸は低くて、プップッププッと目の前の綿畑の土に落ちた。みんなの呼吸の音がはげしい。

綿畑のうねの間に伏せて
「曹長殿、服が汚れるのが惜しいですね」

と、お母あさん子が言った。

「案外、度胸がすわっているね。中村」

横島曹長が苦笑した。

「しかし、生命の方が大切だよ。中村、そら走れ！」

みんな無事だった。

お母あさん子は、顔を泥だらけにして、はげしい呼吸をしていた。滑稽《こっけい》な顔だった。

「おや、あれは……」

お母あさん子の指さしたところに、新しい墓標があった。こんもりと土が盛られて、水筒が供《そな》えられていた。

「戦友の墓だね」

横島曹長が答えた。

「花が供えてありませんね。仏さまは花がないと淋しいのに」

民家の天井を見ると、玉葱がたくさんぶら下がっていた。お母あさん子は黙ってその一つを取ると、へっぴり腰で墓の方へ歩いて行った。ピュピュンと弾丸が来ると伏せた。横島曹長は黙ってみていた。

「戦友、花がないと淋しいだろうね。玉葱だけど、ほらこんなに青い芽が出ている。がまんしてくれる。これはお線香の代わりだよ」

彼は玉葱を供えて合掌し、煙草を喫いつけて盛土の前においた。ゆらゆらと煙が立ちのぼった。大ぜいの兵士も眺めていたが、土によごれた手で涙をこするものもあった。

お母あさん子も、僕たちも、もう戦線で一人前になった。くさいクリークの水の湯には裸麦《はだかむぎ》を焙《ほう》じてくさみを抜くことなどを覚えた。

彼は気の弱い、神経質な街の子だったが、勇敢だった。そして、横島曹長にくっついてばかりいた。

南翔《なんしょう》総攻撃がはじまった。

「中村、お前はお母あさんと二人っきりだったね」

「いいお母あさんですよ。曹長殿。戦争がすんだら、いっぺん遊びに来て下さい。うんと御馳走しますよ」

攻撃の配備につきながら、二人はこんな話をしていた。ずっとつづく竹藪の中に身をひそめて、じりじりと攻撃準備を進めるのだった。

やがて友軍の機関砲が火を吐きはじめた。〇〇砲がうなった。すでに火蓋がきられたのである。弾丸は猛烈に竹藪に集中し、竹に当たった弾丸はピンピンピンとそれて空気をふるわせた。

「中村、気をつけて、落ちついて。いいか」

その間に、もう、ううむとうなる苦しいうめきがした。

「大川一等兵戦死！」

弾丸の音の響きの中に戦友が叫ぶ。僕たちの胸は緊張にひきしまり、敵への憎悪がはげしく燃え立ち、一切が戦意の中に溶け込んで行く。

前進命令が降った。

つまずいては走り、伏せては走った。呼吸は苦しく弾み、弾丸を射つ間もない。耳の横をかすめる弾丸のあおりに耳はさけんばかりに鳴りひびき、伏せたすぐ前の土に土煙を立てて落下する。

「なにくそッ」

大きく叫ぶ。走る。戦死、負傷の声とうめき。

もはや、日が暮れかかって、敵の陣地の銃器の火を吐くさまが見え、あたりは次第に夕靄《ゆうもや》につつまれて行く。

前方右に、有力な機関銃が火を吐き出した。バタバタと戦友たちが倒れた。と、お母あさん子が走り出した。伏せもせず走り出した。そしてうしろをふりむいて弾んだ声で叫んだ。

「みんな、ついて来い！」

その瞬間、お母あさん子は一メートルも跳び上がったと思ったら、ばったりと倒れた。


お母あさん子は死んだ。

民家の藁の上に、お母あさん子は永遠に眠っていた。頬っぺたに泥をつけて、可愛いい顔だった。ほのかな朝の光りだった。

大腿部をやられたのだが、血管を切られてしまったのである。

「曹長殿、血がなくなって行くんですね。こう、実にいい気持ちですよ」

横島曹長は、眼にいっぱい涙をためて肯いた。

「咽喉がひどく、かわきますよ」

静かな表情であった。水をのませてやると
「クリークの水も、うまくなりましたよ。曹長殿」

とそれでも苦しそうに笑った。もうだめだった。

「曹長殿、お母あさんに・・・」

そしてがっくりとしかけたが、ばんざいと言った。朝の光りがあかるく、畑の霜《しも》が光った。

銃声は絶えて、いい朝だった。お母あさん子は死んだ。

手を合わせてやった。

横島曹長が黙って出て行った。しばらくすると、曹長は、露にぬれた菊の花をかかえて帰って来た。

お母あさん子の胸に抱かせて
「中村、花だよ」

誰かが、たまらなくなって声をあげた。すすり泣きがつづいた。

お母あさん子はしゃべらない。笑わない。菊の花を抱いて、しゃべらない。

戦友

まあ、なんだっていい、今宵《こよい》一夜はゆっくり眠られる。

胸から下はびしょぬれで、晩秋の夜気はひしひしと身にしみた。手足が、かじかんでつらかった。さっきまで敵が抵抗した塹壕《ざんごう》の中で、僕たちは装具を解き、銃を手近において、煙草に火をつけ、がりがりの乾パンをかじった。

月はなかったけれど、星あかりで壕の盛土に支那兵らがつくった偽装の草木が夜空に透けて見え、銃声も遠くでパーンパーンと、時々ひびくだけで静かだった。小声で命令が下され、歩哨に立って行く兵士たちの革具《かわぐ》のきしむ音と、剣のふれ合う音がして、彼らの姿もくっきりと見えた。

ひそひそと語る戦友たちの会話には、もうさっきまでの戦闘の時のようなはげしさは消えて、重荷をおろしたという和《なご》やかさがあった。

星は明滅している。

よりかかった壕の土は強く匂って、軍服の上から大地のあたたかさがしみてくる。――ああよく生きながらえて来たものだ。

夜眼《よめ》にも白い木綿の装《よそおい》の中に、土でよごれた指をさし入れると、乾パンの清潔な音がする。袋の小さい金平糖《こんぺいとう》をさぐりあてて、口の中へ入れると、甘さがたのしく口いっぱいにひろがって、ころころと舌の上をころがる。

煙草の赤い火が、喫うたびにひろがって、喫っている戦友の銃火にやつれた頬がみえる。

「今度はおれだ」

指先と指先がからみ合うほど入念に煙草を受け取って胸いっぱいに喫いこむと、金平糖の甘さと、けむりの味が溶けあって、またしても、よくも生きていたものだと思う。

身体はぬれて、寒い。けれども、もうこれで今宵一夜ゆっくり眠れるのだ。

「おや、遠くでうなり声がするぜ」

なるほど、苦しみにうめく声がする。遠いけれども、はらわたをしぼるような苦しい声だった。

「土民《どみん》だね」

「とばっちりを食ったんだろう。可哀そうに」

苦しむ遠い声は、とだえてはつづき、つづいてはとだえた。

「ねえ」

安川一等兵が、僕に煙草を返しながら言った。

「もしあの声が、僕たちのおやじだったらどうだろう」

「勝たざるべからず〔勝たなくてはならない〕。戦闘は、すべからく勝たざるべからず〔戦闘は、当然のことながら、勝たなくてはならない〕、だね」

「おれは、日本に生まれたありがたさがわかるよ」

静かだった。夜にすべてが、かくされて、ただ美しい田舎《いなか》景色だった。

「散歩をしたいと思わないかい」

僕が安川にたずねた。安川は僕の手から煙草を取って、黙って一服喫った。のびた髭に頬がさむざむとやせていた。

「散歩もしたいが、おれは、美しい音楽が聞きたいよ」

すやすやと、身近に寝息がきこえた。

「ねえ、あんまり苦しいと、弾丸があたらないかなと、願う気持ちになるだろう。けれどもこうしていると、生きていることがうれしいね。うれしいね」

安川は、手に土をにぎりしめて言った。

「それにね、君がいてくれるので、なおうれしいんだよ。話が出来るからね」

夜戦場《やせんじょう》の、土の匂いがしみわたり、静かに語る安川の言葉は、僕に生命のありがたさをつくづくと思わせるのである。

「君と、最後までいっしょに居たいよ。あいつは多少学問があるから卑怯だったなどと言われたくない。言わせもしないけれど、戦争が終わるまで、いっしょに、無事で元気にやりたいよ」

こういう、安川の感傷は僕と同じだった。

「眠ろうか」

「ああ、しかし、寒いね」

安川は胴ぶるいした。かすかに爆音がする。空をみると、あおい星のような灯が高く飛んでいる。支那の飛行機である。

眠った。


快い朝だった。戦線は朝霜につつまれて名も知らぬ鳥が鳴いた。雑木林や、この戦線特有の竹藪、白い壁の民家などは、ほのかにかすんで美しい乳色の風景だった。楊柳も静かに枯れた枝を垂れて葉も落ちない。

世帯の苦労を顔の皺に刻んだ兵士たちは、ほのぼのと明ける東に向かってポンポンと拍手《かしわで》をうち、今日様《こんにちさま》を拝む。

僕たちの軍衣には、霜が光っている。装具を身につけるのに、しっとりと冷たい。

朝露を踏んで、銃を構えつつ、前進が開始せられる。

青い麦、野菜、枯れ葉を踏んで黙々と進む。豊かな畑土は、大きな傷口のような敵の壕に掘り返されて、心が痛む。敵の死体があおい皮膚をみせて、人形のようにころがっている。空爆のあとの弾痕には、まだ煙硝の匂いがただよって、破壊された農家の破片に霜が白い。どこまで退却したのか、敵の姿は死体ばかりである。クリークにうかぶ鳥のなきがら。あわれ、白い山羊《やぎ》もうかんでいる。

陽はだんだんと高くなり、冷たさにかじかんだ皮膚は汗ばみ出す。広漠とした戦線に、朝の太陽が輝き出して、支那兵の死体のうえにおいた霜がとけて光る。敵のうつろな死の表情に、かぎりない哀愁の色がある。

「悲しそうな仏の顔だね」

銃剣がキラリとひかって、僕の前を往く安川一等兵がふりむいた。

乳色に煙る敵の方、彼らはどこまで退却したのだろうか。

安川が負傷した。僕を戦友が呼びに来て、かけつけたとき、彼は軍服の肩口から袖を切りとって、きりりと三角布《さんかくぬの》で包帯して、担架の上に、血の気のうせた顔をして寝ていた。

「痛いか」

「ああ、骨をやられたらしいのでね」

「内地還送だね。内地へ帰ってゆっくり養生するんだね」

安川は黙っていた。明るい空、青い山、静かな故郷の景色が僕の頭の中にうかんだ。彼は苦しそうに、眼を閉じていた。その閉じた眼から、ぽつんと涙が湧いている。安川と僕とは、同じ町、同じ中学を出た。戦友たちが彼の担架をかついだ。

「さようなら」

担架がゆれて、痛むのか、彼は顔を歪《ゆが》めて言った。僕は、痛まない彼の手を握って、

「さよなら」

と答えた。胸がせまって、僕も涙がこぼれそうになるのだったが、じっとこらえた。四人の戦友にかつがれて、安川の担架はクリークの仮橋《かりはし》を越えた。麦の畑の一本道を、竹藪の方へ消えてゆく。僕は壕の中からいつまでも見送った。とうとう、こらえきれないで涙を流した。夕陽が長く、偽装の草木の影をひいて、僕は、しばらくぼんやりとしていた。

安川が負傷して野戦病院へ退《しりぞ》いた日から三日目、彼と反対に傷の癒《い》えた戦友が第一線へ帰って来た。

戦闘と、食うこと、寝ることとの第一線で、戦況はわからない。みんな原隊復帰者の周囲に集まって、後方で聞いてきた戦況に聴き入った。伝わってくる内地の便《たよ》りに耳をかたむけ、話に一段落がついたとき、彼は僕に手紙をよこした。野戦病院にいる安川の手紙をことづかって来

たのである。

その手紙――最後に別れたとき、僕は黙って野戦病院に退ろうと思っていた。だが、最後になるかもしれないと思い（いつかの夜、塹壕の中では、この反対のことを話し合ったね）ひとめ逢いたいと、知らせてもらった。驚いてかけつけてくれたときの君の顔をみた瞬間、僕は胸がせまって何も言えなかった。僕が担架に乗って竹藪の方へ行った。君がいつまでもじっと佇《たたず》んで見送っていてくれた。涙で眼がうるんで、君の姿がぼんやりとしか見えなかった――せつなかった。

どちらも、同じ思いだったのか。僕は、野戦病院から帰って来た兵士のみやげの煙草に火をつけた。

「安川は、元気だったかい」

僕は、手紙をポケットにしまいこんで、たずねた。

「左肩の骨がめちゃめちゃだそうだが元気だったよ」

原隊復帰者が答えた。そして、

「さあ、隊長殿に挨拶に行って来よう」

と起ち上がった。

「星名《ほしな》中尉殿なら、お前が入院中に戦死されたぜ。いまは大栗《おおぐり》少尉殿さ」

誰かが彼に注意した。

「だんだんと、知った顔が減って行くんだなあ」

原隊復帰者は、そうつぶやいて、大栗少尉のいる民家の方を教えられて出て行った。——だんだんと、知った顔が減って行く。戦線は、はてもなく拡がって、そして古い顔は減って行く。

「しかしね、ああして、また古い顔が帰って来るじゃないか」

それにしても、その数はすくない。僕は煙草の火をもみ消してポケットに入れ、藁しべをかんだ。

しばらくたって、一人の兵士が鉄かぶとをぶら下げてやって来た。

「鉄かぶとの欲しい者はないか」

「おれにくれ。おれのは弾痕が五つもあって、だめなんだから」

鉄かぶとを下げて来た兵士は無精に鉄かぶとを投げ出すと、しみじみと言った。

「いまのいま。野戦病院から、元気になって帰って来て、隊長殿に挨拶をして、外に出ると。……可哀そうにね。狙撃されたんだよ」

親ごころ

竹で編んだ垣根の中につながれた大きな水牛が、そのみごとな角《つの》をごりごりと樹にこすりつけていた。民家の土間に、例によって藁や、豆殻を敷いてごろ寝をしていたが、外があんまり明るすぎるので、久しぶりに太陽を浴びようと思った。南をうけて、民家の壁にそって、戦友たちは思い思いのポーズだった。

「三日間も、巻き直しをしなかったんだ」

或る兵士は、ズボンをまくり上げて脚を太陽に乾かし、巻脚絆の泥をはたいていた。また或る戦友は裸になって、ぼんやりと高い秋の空を眺めながら、のびた髭を指先でひねり上げてはひとりごとを言うのである。

「えい、もっと、ピンとしろ」

背中をぽかぽかと太陽にあたためて、首をひねりながら手紙を書いている兵士もいた。——この民家の向こう側は敵に面しているのである。しかし、それにしても、何日も振り続いた雨の後、こんな天気のすばらしくいい日は、めったにないのだ。たまに太陽の光りをゆっくりとたのしみたい。

龍口《たつぐち》一等兵は、そんな仲間から少しはなれて、ひとり、ぼろぼろになった手紙を読んでいた。

「御熱心ですね」

僕は、この大正十年兵の横に坐った。

「いやあ」

彼はまぶしそうに僕を見上げて、僕が腰をおろすと、人の好《よ》さそうな笑顔で、てれ臭さそうに返事をした。龍口一等兵の眼尻は笑うと皺が深くなり、中年の、ほんとうにしみじみと自分の家庭の幸福を味わい楽しんでいる人らしさが現れるのである。それにきちょうめんな彼は、不思議と思われるくらい身綺麗にして、髭などいつもあたっているだけに、彼の顔には年齢が正直に出ているのである。

「何か大事な書附《かきつけ》とみえますね」

僕は、彼の手の、いたんだ便箋をのぞき込んだ。

「いや、私には七つになるひとり娘がありましてね。それが……」

彼がこう言いながら、その手紙を僕の方にさし出した。何回も何回も取り出しては、ひとり楽しんでいたのにちがいない、鉛筆の字もかすれてわずかに読める程度だった。

「拝見しても……」

「さあ、どうぞ」

何という無邪気な手紙だろう。片仮名ばかりで、

お父《と》うさん、御元気ですか。お隣りのよし子さんのお父うさんは、名誉の戦死をしました。お父うさんも、名誉の戦死をして下さい。と書いてあった。

「いやはやね、娘に戦死しろと言われちゃ、こまりますよ」

龍口一等兵は、笑いながら大事に手紙を手帖の間にしまい込んだ。

「しかし、七つにしちゃ、ずいぶんお利口《りこう》じゃありませんか」

「親馬鹿ですか。とにかく自慢でしてね。そりゃァ、まったく私のような男の子供とは思われないくらいなんですよ」

彼はそう言って、手紙をしまった手帖から写真を取り出して、僕に示した。親子三人の写真だった。素朴な和服、その奥さんも質素な夫人、ただ娘さんだけが可愛い粧《よそお》いだった。

「幼稚園に入れてるんですが、この節は費用がかかりましてね。私らのような者には実際つらいですよ」

内地の兵営にいたとき、僕は出征兵士の名簿を作成する仕事を与えられていた。い、ろ、は、に、ほ、と繰って「た」龍口彌七、職業はたしか農業兼商業とあったと思い出す。

僕はしみじみとした気持ちで、戦場にもただよう生活の匂いを嗅《か》ぎ、龍口一等兵を眺めながら軍衣を脱ぎ、巻脚絆をとり、僕の恋人から贈られた毛糸のチョッキを脱ぎ裸になった。足指が秋の太陽にのびのびと爽やかで、冷え冷えする大気の中で裸の身体が太陽の光りを吸い込むようで気持ちよかった。裸になるなど、久しぶりであった。

逃げおくれたびっこの支那老人が、腕に日の丸のしるしをつけて歩いていた。そのあとを山羊がメエメエと啼《な》いてついて行った。老人は陽やけをした黒い顔で、皺だらけであった。うしろの腰のあたりで組んだ手のひらは非常に大きかった。歩くと脚が痛むのであろうか、ときどき立ちどまって、秋の空を仰いだ。表情のない顔である。軍靴で踏み荒らされた畑へ、ひるめしの野菜をとりに行くのである。畑にはヒュウーンと迫撃砲が飛んでくるのだが、老人は顔色ひとつ変えない。ピュンピュンとやってくる小銃弾にも無神経の様子である。

「あの老人はどんな気持ちでしょうね」

龍口一等兵が言った。

「さあ」

僕はとっさに返事が出来なかった。おそらく老人は幸福でも不幸でもないのにちがいない。きのうの夕方、老人の山羊を料理して食ってしまおうと、ひとりの兵士が山羊の首すじをねじつけた。山羊はかなしそうにメエメエと啼いた。老人はそれを、黙って、腕を拱《く》んで眺めていた。誰かが止めて、可憐な山羊を料理することは中止されたが、そのときも老人は表情をかえず、黙って眺めているだけなのであった。

「僕たちと同じ気持ちかも知れませんね」

僕はしばらく経《た》って答えた。戦争という大きな激烈な運動がものを考えさせるというような落ち着きを奪ってしまい、僕たちは休憩する暇はあっても、それはただ肉体的な休憩にすぎないのであった。ただこれが考えることといえるとすれば、望郷と感傷があるのみであった。こうして裸になって、太陽に身を晒《さら》していても、ただ何の観念もない。砲の音も、小銃の唸りも丁度、机の上にインクの壺がのっかっていると同じことなのである。

「ねえ」

龍口一等兵は鼻毛をぬきながら僕に話しかけた。

「こんなに、空が蒼いと、このまま弾丸にあたって死んでしまいたいですね」

「馬鹿いっちゃいけませんよ。いくらお嬢さんが名誉の戦死を遂げて下さいたって」

僕はこの中年兵のことに共感しながらもこう言った。

「しかし、いつ死ぬかわかりませんからね。死ぬときくらい、美しい晴れた空の日がいいですよ。戦死すれば、遺族はお国が適当にめんどうをみてくれましょうし、あくせくしなくてもいいですからね」

「いつか貴方は、支那の小さい女の子を可愛がっていましたね。なんて所だったか、ほら前進ときまって出発のとき、その子が貴方の手にすがって、ついて行くときかなかった……」

僕は話題をよそに持って行った。美しい空の下で死ぬということに、僕もずるずるとひきこまれて行き、漠然と死んで行く想念は美しい魅力だった。しかし、僕はそんな死に方から逃れなければならない。

「困りましたよ、あのときは。あんな子供をみると、わが子を思い出しましてね」

友軍の飛行機が数機飛んで来た。銀色につばさが光って、そのあたりに煙火《はなび》のように敵の射撃が爆発した。轟々と空爆の響きが大地をゆるがせ、右翼に激しい戦闘の音響がはじまった。空軍の掩護で隣部隊は攻撃を開始し出したのだろう。僕は起ち上がって空を仰いだ。そのうち僕たちの部隊に攻撃前進命令が降るだろう。

蒼空を切って、飛行機は急降下し、機影が民家にかくれると、やがて生々《いきいき》としたエンジンの音が響き、轟々と連続して三回、爆裂の音が一切をゆすぶる。大きい○○○機は悠然と鳥の糞《ふん》のように爆弾を落とす。眼にみえて、黒い点が二つ三つ、地上におちてゆく。

陽なたぼっこの連中はみんな立って空を仰ぐ。葉のおちた樹の枝と蒼い空、そして軍用機の姿は、みごとな写真のようであった。

「あすあたり、僕たちも攻撃前進ですよ。鯛《たい》の魚が来ましたよ」

糧秣受領に行っていた若い兵士が叫んだ。

「私はね、ちゃんと遺書を書いているんですよ」

龍口一等兵はポケットをたたいて僕をみて笑った。鯛が前線にとどくと、約束のように攻撃前進命令が降るのである。この次の戦闘で、龍口一等兵は危ないなと僕は思った。戦死する兵士にはかならず何かがあるのだ。

前日と同じように、いい天気だった。

僕たちは太陽の反射を避けるために鉄かぶとに泥をぬった。装具もきっちりと身につけると身体がひきしまって、緊張感が全身にめぐった。

一間ばかり〔約二メートル〕ずつ間をおいて、一列になって前進した。弾丸がピュンピュンと綿畑をゆすぶった。交通壕の中は、おとといまでの雨で、ひどいぬかるみだった。一足ごとにごぼごぼと足首を吸い込んだ。やがて汗がもう全身にながれて、軍靴にくいつく泥土の重さ。

銃も土にまみれ、剣尖《けんさき》が光った。音響と、閃光と、叫びのみだった。銃をつけた日の丸の旗や、死体や、枯れた草や、どっかりとあぐらをかいたような戦車や戦友の顔や、倒れる兵士や将校の刀が断片的に頭の中に灼きつく。伏せては大きく呼吸すると、肺臓の中がピリピリする。息苦しくて、クリークの水の中に倒れ、楊柳にすがりつく。ぬれた身体が重く、弾丸はなぐりつけるように空気をかきまわした。

敵の壕に飛び込んで行く一人に、龍口一等兵がいた。そして、倒れ込むように壕の中におちた。予感通り彼は昇天したのである。前額部に弾丸をうけ、後頭部に大きな穴があいて、弾丸は飛び去っていた。

彼は壕の中で膝をついて、うずくまって死んでいた。

「おい！」

肩に手をかけると、血がどくどくと流れた。ふと、うしろをみると、壕の横っ腹のかなり大きな穴の中に敵がねらっていた。引鉄《ひきがね》をひくと、敵は蛙のように死んだ。

荒々しい、苦しい呼吸すら、おれは生きているということを、僕に教えた。壕の中は敵の死体だらけで、ぬかるんだ土が血で染まっていた。

――おこう。お前とつれそって十年になるが、働きがないので、晴着のひとつも買ってやれなかった。かんべんして下さい。

はな子。お前にも、ろくなおもちゃも買ってやれなかった父を恨んでくれ。

おこう、私が戦死したら、しまつにして〔倹約して〕暮らしてくれ。はな子をたのむ。

はな子。お母あさんに孝行しなさい。

龍口一等兵の手帖の遺書を、僕は血まみれの軍服のポケットからとり出した。逃げてゆく敵にあびせる機関銃の掃射の音だけである。ポケットから、赤鉛筆で軍事郵便と書いた葉書が出て来た。

――ハナコ、ゴキゲンデスカ。

ヨウチエンハ、オモシロイデスカ。

オトウサンハ、ゲンキデス。

オカアサンノ、イウコト、ヨクキキナサイ。

オミヤゲヲ、モッテカエリマスヨ。

龍口一等兵は、僕の膝の上で死んでいる。

銃火は絶えた。

一等兵戦死

1

戦闘は休み同様だったし、いやな雨も降らない。僕たちはそれぞれ居心地のいい寝る場所をつくって、のんびりした三日間を送ったのだ。小銃弾さえがまんすれば、まったく申し分のない休息所だった。僕たちはいつまでもここを動きたくはなかった。

あちこちに下士哨を配置して、僕たちは敵と三百メートルの距離で向かい合っているのだが、いまのねぐらは壁の厚い立派な民家だったし、こちらからちょっかいさえ出さなければ、敵だって空威《からおど》しの弾丸を射っているだけなので安全だった。ちょっと外へ出て敵の方を覗くと彼らものんびりした気持ちなのか、壕の中にひっこんでいるので姿は見えないけれども、ゆるゆると煙が立ちのぼっていたりした。たぶん、メリケン粉でこねた饅頭でもつくっているらしい。

床に綿花を敷いてその上にごろんと寝そべって、僕たちは故郷のはなしやわが子のはなしにうちふけっていた。どの兵士も銃火の疲れと、下痢でげっそりと痩《や》せ、髭はのびてその皮膚は土色だったが、故郷のはなしにはみんな頬の色を生々とその声も弾む。戦線でいちばんたのしいひとときである。

そんな中でひとり、みんなから離れて佐久間《さくま》一等兵は手帖に一生懸命書き込んでいた。顔かたちがやさしいつくりだけに、そのやつれた姿は哀れだった。彼は出征前まで「うどん屋」を営んでいたのだが、どうやら彼の店は営業状態が芳《かんば》しくないらしかった。それというのも古いすすけた行燈《あんどん》に「うどん」と書いて茶碗なども大方《おおかた》欠けたやつばかり、その上、父親が中風《ちゅうふう》で永年寝たまんま、とかく店の内も不潔になりがちなのだ。佐久間は正直ないい男だったが、少し善良すぎる。その上、近所に新しい構えで食堂兼用のうどん屋が出来て、古い彼の家の得意先も減って来た。故郷の町で、僕はこのうらぶれたうどん屋を愛していたひとりなのである。

「佐久間さん」

僕はふっと彼の店の、欠けたうどん茶碗を思い出してこう呼びかけた。

「へい」

彼はあわてたように手帖を閉じて胸の物入れに押しこむと、おどおどしたような表情で僕の方を見た。

「みんなといっしょに話をしませんか」

「いえ、もう私なぞ‥‥」

かたわらの銃を撫でながら、はにかんだように彼は答えた。彼の銃は誰のよりも手入れが行き届いて、銃床には泥ひとつついていない。

僕は起ち上がって皆から離れ、佐久間一等兵の横にどこんと坐って、彼の肩をたたいた。

「どうも、このごろ元気がありませんね」

「そんなことありまへんが……」

彼はちょっと赤くなって面《おもて》をふせた。まばらな髭がのびて頬はこけ、首すじなど痛々しいくらい細かった。

「身体の具合が悪いんじゃないですか、ひどく下痢してるんでしょう」

「いいえ」

彼は首をふった。

「退って診《み》てもらったらどうですか。隊長には僕からいって上げますよ」

「とんでもない」

わざと元気な所を見せるように、彼は勢いよく手を伸ばすと銃をとって手入れをはじめた。

佐久間一等兵は、よほど下痢しつづけているにちがいないのだ。しかし彼だけではない。誰だって、病気では第一線から退りたくはない。血を吐きつづけながらでも、みんなといっしょについて行かなければならない。這ってでも前進しなければならない。戦線で病気になるのは恥だ。こんな気持ちが僕たち兵士を支配していた。病気で後退するのは卑怯なのだ、そんな心を誰もが持っていた。そして、みんな頑張り通した。佐久間一等兵も、その例にもれないだけなのである。

それにしても、この善良な佐久間一等兵は無口でおとなしい男であるだけに、じっと病気を忍んでいるのは哀れだった。

銃腔《じゅうこう》に塗油紐《とゆひも》を通してスピンドル油《ゆ》〔潤滑油の一種〕をぬりながら彼がいった。

「まだ、戦闘はじめまへんのでしょうか」

「どうしてそんなことを聞くんです」

「いいえ、あんまりこうして遊んでいるのがもったいないような気がしまして……」

「そりゃァ、いつまでもこうしておいてはくれませんよ」

僕は坐り心地のいい綿花を指先で押しながら答えた。長くてもう二日もすれば、このあたたかい寝床ともお訣《わか》れだろう……。

無駄ばなしの一団は、だいぶはなしの種がなくなったとみえて、

「おい、酒屋、虎造《とらぞう》をやってくれ」

と酒屋の御用聞《ごようきき》だった、ひょうきんものの澤口一等兵に「森の石松、金比羅代参《こんぴらだいさん》」を請求していた。さいしょこの大正◯◯年兵は、いやだいやだと逃げをうっていたが、煙草ルビー・ク

インで買収されて、器用な広沢虎造〔有名な浪曲師〕の口まねで語り出した。

「実は・・・次に戦闘がはじまれば、私は・・・きっと戦死しそうです」

佐久間一等兵がとつぜん蒼白く緊張した顔でこういった。

「身体がえらい〔しんどい〕んでしょう。元気を出せば病気なんか治りますよ。馬鹿な事を考えるんじゃない」

みんな、澤口一等兵の浪花節《なにわぶし》に聞き入り、愉快な森の石松の船中問答に笑いこけていた。

「ねえ、佐久間さん、早くあんたのうちの、うどんが食べたいですよ」

黙り込んでしまった彼に僕は笑いかけた。佐久間一等兵は、僕の顔を見て淋しそうに微笑して、

「ええ、うんとうまい、しっぽく〔しっぽくうどん〕をこさえまひょう」といった。

僕は彼の店のがたがたのちゃぶ台に、大きなしっぽくの丼をおいて、つるつるつるつると食べる場面を想像して、はは・・・と笑った、彼もつり込まれたように笑った。

2

大きな平たい支那鍋に、湯がぐらぐらと沸いていた。

「どうだい、うまいもんだろ」

かまどの焚口《たきぐち》から、煤《すす》を頬っぺたにつけた江口一等兵が首を出して自慢した。

「さあ、うまい麦茶がのめるぞ」

澤口一等兵は、乾麺麭《ばん》の袋に飯盒の蓋で炒ったからす麦を押しこんで、沸《たぎ》りたっている湯の中へさし込んだ。湯気といっしょに芳ばしい香りがうすぐらい台所に流れた。塩っぱい、変に臭い、口にいれると、むかむかとつきもどしてくるようなクリークの水も、これでどうやらうまくのめるのだ。

「殊勲甲《しゆくんこう》〔抜群の功績〕だぜ」

からす麦の発見者の大久保上等兵は煙草をふかしながら、からす麦の入っていた壺の上に腰をかけて胸を張った。

夕ぐれ近いので、迫撃砲弾がヒュルンヒュルンと奇妙な音をひびかせて、次々と屋根の上を飛んで行った。小銃弾もはげしくなって、パチパチと壁にあたっては、はげしい勢いで壁土をはね飛ばした。

「畜生、せっかくの麦茶に土をはね込みやがって……」

澤口一等兵は憤慨した。

麦茶の鍋のとなりには、もうちゃんと飯が炊けている。それにしても、副食の野菜をとりに出かけた奥良兵蔵はどうしたのだろう。

「いやに遅いな」

麦茶の香りに、うっとりとしていたみんなも、奥良一等兵のことが気になり出した。

「やられたかな」

「おらァ、宮相撲の横綱よ。一番取ろうか。……なあに、あいつは不死身だから大丈夫だよ」

澤口一等兵が奥良の口まねをして笑った。

「それにしても遅いな」

ナイフで鰹節《かつおぶし》を削りながら僕がいったときだった。

「いよう、戦友。重かったぞや」

大きな地声でよいしょと、奥良兵蔵一等兵が仏様のような穏和な顔をして帰って来た。綿ばっかりを糸で綴った支那蒲団《ぶとん》に、玉葱、馬鈴薯《ばれいしょ》、南瓜《かぼちゃ》、になど野菜類をうんとこさ包んで持って帰って来たのである。

「あんまり遅いんで、みんな心配していたところだよ」

僕がいうと、奥良一等兵は、

「そら、すまんでした。戦友。ほんでもおらァ、宮相撲の横綱、紅葉潟よ。チャンの二人や三人、ひねりつぶしてくれようわい」

といった。たったいま、澤口一等兵が彼の口まねをやったところだったので、みんな笑いこけた。

「何がおかしいぞや。一番取ろうか」

奥良兵蔵は、真赤になって口をとんがらせた。そして彼は四股を踏んだが、思い出したように隣の室をのぞいて、

「佐久間は、ちっとええんかな、戦友」

と僕にいった。

「大丈夫だよ」

佐久間一等兵は、綿花の上に眠っていた。

「性《しよう》たれな〔だらしない〕、うどんやじゃわい」

奥良一等兵はひとりごちて、支那蒲団の片隅をひっぱり上げ、野菜類を土間にごろごろと移すと、その蒲団を持って隣の室に入って行った。

「早《は》よう、しゃんとしなよ」

彼は佐久間一等兵に、そっとその蒲団をかけてやった。そして僕たちの炊事場に帰ってくる

と、いかにも簡単にいうのだった。

「うどんやが可哀そうじゃけに、なんぞ土産を持って帰ったろと思うてな、うん、あの蒲団を探すのに、三里も行ったぞや」

「ずいぶん行ったんだね」

僕たちはあっけにとられた。

「うんにゃ、なんの。三里くらい。天気はよし、ええ秋日和《びより》じゃ。チャンのお墓の草むらに虫が鳴いていての。おらの谷にも、いまごろ虫が鳴いとるか」

やがて、野菜の調理がはじまる。

鰹節を入れ、味《あじ》の素《もと》を入れ、ぶった切りの野菜を入れ、味噌を入れる。

「ええもんがあるぞや。うまいものは宵に食えというこっちゃ」

みんなの眼が、奥良兵蔵にあつまる。彼は得意だ。ポケットから牛缶を取り出した。

「ずっと後方の砲兵さんに貰うたのじゃよ」

彼は無器用な手つきで缶を切り、ひとつまみ食べてみて、鍋の中に放り込んだ。ぐつぐつと味噌汁はうまそうな匂いをたてて出来上がった。

飯盒の蓋、掛盒《かけごう》〔中蓋〕から、欠けた極彩色の支那茶碗などに黄色い飯を盛り、味噌汁をぶっかけて、みんな思い思いに食いはじめる。

佐久間一等兵は、この騒々しい食事の音に眼をさまして、ぼんやりと僕たちを眺めていた。大腸炎か赤痢《せきり》にかかっているにちがいなかった。

「のう、食べんかや」奥良一等兵がいったのだけれど、彼は首を横にふっただけだった。

どうやらみんな食事が終わった頃だった。指揮班の若い現役兵が命令を伝えて来た。

「兵は出発準備をととのえて待機すべし。出発の時は追って示す」

みんな指揮班の兵をみた。

「攻撃かい」誰かがきいた。

「いや、移動らしいです」指揮班の兵士が答えた。

3

日が暮れた。煙草の火がポッと明るいだけで、みんなの眼に光りはみえない。触覚と音とで、僕たちは自分のものを自分のところへひきよせ、装具をつけたまま横になって寝ていた。後盒《こうごう》が腰骨に当たって痛い。ぼそぼそとする話し声と、きしきしと皮革のきしむ音がする。

敵はまるで弾薬箱をひっくり返したように射ちつづけ、パンパンと僕たちの顔の上の屋根瓦をけし飛ばした。間をおいてヒュルンヒュルンと迫撃砲弾が飛び越えて行く。

僕たちの家のすぐうしろの竹藪の笹が、いつとはなしにざざざと音を立て出した。

「おや」

入り口近くに寝ていた兵士が立ち上がったらしい。ほのかに淡い夜景に人影が見え、外にむけて手をさし出した。

「雨だ」と、その兵士はつぶやいた。

「え、雨？」

部屋の中がざわめいた。雨のにくらしさはもう骨身にこたえている。みんな雨ときいてぞっとしたのだろう。

黒い大地をうつ雨の音が、次第に激しくなり、笹の葉の雨にゆれる蕭々たるひびきが伝ってくる。

僕は闇の中に故郷のことをおもった。——佐久間一等兵は筒袖《つつそで》の紺絣《こんがすり》を着て、「花の春」と酒の名を書いた部厚い前掛をしめ、うどんを籠の中に入れて湯をきっている。彼の三つになる蒼白い女の子が、店に隣《とな》った座敷でひいひいと泣いている。彼の細君《さいくん》〔妻〕は釜場で葱《ねぎ》をコッコツコツと刻んでいる。――

「佐久間さん」僕は小さい声で呼んでみた。

「はあ」

「どうですか」

「はあ、だいぶ楽になりましたが……」

彼は帯革をきしらせて答えた。

「うん、大丈夫かや」

奥良兵蔵は僕の横で黙りこんで寝ていたのだが、とてつもない大きい声でいった。

「うん、そらええ、おらが持って来た蒲団がきいたのぞや」

奥良一等兵は、ひとりがってんの、うれしそうな声でいった。

しばらく静かだった。あちこちで寝息や、かるいいびきがきこえる。雨は激しくなってくるばかりであった。

「のう、戦友。雨はやまんな」

奥良が寝返りをうって僕に話しかけた。

「おら、悪いことをした」

「どうしたんだい」

「ほら、外のチャンの死骸よ。なんぼチャンでも、雨にぬれたら辛《つら》かろ。おら、天気の日にあのチャンの死骸、埋めたろと思うとったんじゃが、なんぼおらでも、あないに若いきれいなチャンの死骸は気味悪かろ。ほんで、のばしのばしていたんじゃ。が、あの雨の音では、チャンの死骸も、のう、戦友。可哀そうじゃ」

「うん、そうだね」

と僕は答えた。

「のう、戦友」

また奥良一等兵が呼びかける。

「うん」

「戦争がすんだら、いっぺんおらんところへ来んかや」

「行ってもいいね」

「兎《うさぎ》を射って御馳走するぞや」

「うまいだろうね」

「それにな、戦友。谷にアメゴちゅう魚がおるんじゃ。うまいぞや」

「お前の嫁はきれいかい」

僕は、何度も手紙の代筆をさせられた、甘い文章をよろこんでいる彼の細君のいせのさんは、どんな女だろうとおもった。

「普通《なみ》じゃよ」

彼は小さい声で答えた。

奥良兵蔵の故郷は四国の山奥で、むかし、源義経《みなもとよしつね》に追われた平家の一門のおちのびたところで、いまも平家の血筋の人々がのこっている。あるいは、わが奥良兵蔵も平家の一員かも知れない。彼は木樵《きこり》と農業と猟師をかねているのである。

「全員起床。静粛に出発準備」

家の入口に指揮班の兵士が来て低い声でいった。

ささやかなざわめきが起こり、銃や、剣や、小円匙のふれ合う音や、革のきしむ音がした。

午前二時ごろだった。

みんな黙って、さぐり足で外へ出て行った。敵の小銃弾はあいかわらずだった。

「奥良！」

僕は小さい声で奥良を呼んだ。暗闇の中で彼は、僕の顔の前に顔をつき出した。

「佐久間の装具をできるだけ持ってやってくれないか」

「うん、よっしゃ」

闇の中で手さぐって、佐久間一等兵の装具を、奥良と二人、持てるだけ持ち、佐久間一等兵には銃と防毒面だけを持たせた。彼の手はあつくて、小刻みにぶるぶるとふるえていた。

「佐久間さん、僕たち二人から離れちゃだめですよ」

「へい、どうも、すんまへん」

彼は立ち上がって、僕たちのうしろにつづいて外に出た。三日間ほとんど銃を持たなかったので重かった。

「のう戦友、あの蒲団残しておくの、おしいな」奥良一等兵がうらめしそうにいった。

僕たちは、戦線世帯道具の入った背負袋を負い、雑嚢、水筒、防毒面をかけ、図嚢をかけ、その上から天幕をひっかぶった。

「のう戦友、お四国遍路みたいじゃろかい」

奥良は二人分の装具をゆすぶり上げてからいった。

雨は多少小降りになったが、雨の冷気と夜気に僕はぶるんとふるえた。そのくせ、もう装具の重みで顔には汗をかいていた。雨は鉄かぶとをつたって首すじに流れ込んだ。

もう泥濘《でいねい》が軍靴を吸って重かった。そして歩くたびに土はずるずるとすべった。

4

上海の空の方は、ほのかに明るかった。雨雲をつきさすように、サーチライトがぐるぐるとうごき光った。

綿畑、麦畑、野菜畑、田圃の畔道を一列になって、連絡のきれないように、暗闇の中で前を行く兵士をきっと見つめて、ともすればずるずるとクリークの中にすべりおちそうなのを警戒しながら歩いて行く。軍靴は土と水にこねかたまって重く、頬をなでると、はね上がった土でざらざらし、口の中はじゃりじゃりした。

雨にぬれる軍衣、装具は重く、背負袋の右肩がめりこんで、しっかりと銃床をつかんでいても、泥土ですべりおちそうだった。弾丸はむやみにピュンピュンと身辺をかすめた。足もとがすべるので、足にうんと力が要《い》った。だから、足の筋肉がこりこりと痛く、その上、全身がぬれているのでもう股ずれが出来、股のつけ根が一歩ごとにすりむけ、とび上がるほど痛かった。呼吸も苦しい。ときどき穴っぽこの中に足をふみ入れてころんだ。

泥と泥に、もみぬかれての行軍だ。泥まみれになった頬を汗がぽたぽたと流れ、なにくそと唇をかむたびに泥といっしょに塩っぱい汗が口の中に流れ込んだ。

砲兵陣地のあたりまでくると、東の空がほのかに白《しら》んで来、もうこのあたりでは民家の中で悠々と火を焚いていた。ランプの光もあって、砲兵たちが何かごそごそとやっていた。上海街道に出て楽になった道を行く。もう大声でおしゃべりをしても大丈夫なのだが、このたった一里〔四キロ〕の行軍の苦しさに、誰もしゃべりはしなかった。ここで暫《しばら》く休憩だった。

佐久間一等兵は、肩で息をしながら、銃をついて、僕の横に立っていた。

「行けますか」

「ええ」

彼は、弱いが、きっぱりした声で答えた。

僕たちは装具を解いて、腕をふったり足踏みをしたりして、どろんこの道路の上にへたばった。尻の下から冷たい大地の感触が伝わって来る。

「坐ったら?」

僕がいうと、

「いいえ、坐るともう立てないかも知れまへんので」

佐久間一等兵は低い声でいうのだった。それにしても、よくやって来たものだと、僕はさっきまでの自分の情けない姿勢を想像しながら考えた。何とかして、佐久間を残したい、無事に後方に托《たく》したいと思うのだったが、こんな移動の最中では困難だったし、彼にしても死んでも前線を離れたくないと云うのだから、やっぱり奥良の力を借りて、どこまで行くのか知らないけれども、いっしょに連れて行くよりほかはなかった。

奥良兵蔵は装具をつけたままの姿勢で立ったまま、すぱすぱと煙草を喫っていた。

「強い男だ」

僕は苦笑してつぶやいた。

僕たちの行く方から、黒い一団があらわれた。僕たちと交代のため、やはり移動してやって来るのである。

やがて、僕たちは再び移動しはじめる。前から来る部隊とすれちがった。どこの部隊だと薄闇の中でたずね合い、知人をよびかう。

「おッ、生きていたか！」

「無事だったか！」

と知人をさぐりあてて叫ぶ。

すれちがいながら手を握り、手をふる。はげしい生きている喜びが、大きい圧力の爆発したように道路にあふれた。

「おーい、佐久間良太郎《りようたろう》はいないか」

遠く前方から、佐久間一等兵をさがし求めている声が、多くの声の中からきこえてくる。

「おーい、うどんやの佐久間はいないか！」

声はちかづいてくる。

「いるぞやァ」

奥良兵蔵が生まれつきの大きい声で叫んだ。

「いるか。いるか、無事か」

喜びに裂けそうな声だった。

僕は、何かしら、ハッとしたような気になって、

「佐久間さん、返事をするな」

と強くいった。

「返事しちゃいけない」

僕の横を歩いていた佐久間一等兵は黙っていた。

「いるか。佐久間。うどんやの佐久間はどこだ！」

僕の横をすれちがった一人の兵士は四方を見た。うす闇の中だった。

「佐久間は元気だぞ。佐久間はもっと先だ。佐久間はもっと先だ。佐久間は元気で勇敢にやっとるぞ」僕は叫んだ。

「ありがとう」

その兵士はいった。そして後方のうす闇の兵隊の中に消えながら、

「おーい、うどんやの佐久間ァ」

と叫んでいた。

佐久間一等兵は黙って歩いていた。蒼白い顔に苦しそうなあぶら汗をうかせて歩いていた。

「私の、百姓をしている従兄弟《いとこ》です」

彼は、こういった。

いつのまにか雨は止んでいた。だんだんと明るくなって、切れた電線や、むらさき色にかすむ雑木林や、砲兵の幕舎《ばくしや》や、輜重の馬がうかんで見え出した。

僕たちの行く道路の両側に、支那兵の死体があちこちところがって、朝の光りにその軍服はぬれ、銃を握った手に露が光っていた。

「のう、チャンの死骸は臭い臭い」

奥良一等兵がいった。

5

その日の夕方近くになって、僕たちの部隊は目的地に到着した。そして僕たちは江橋鎮《こうきょうちん》を攻撃、南翔を陥《おとしい》れるのだという。

「佐久間さん、大丈夫ですか」

きょう一日の行軍で一層おとろえをみせ、土間の藁の上に寝て苦しそうな呼吸をしている佐久間にきいた。

「苦しいです。しかし、やりますぜ」

佐久間の顔には不思議な輝きさえ見せているではないか。

その翌日、僕たち十三名は敵の塹壕に至る交通壕を掘るように命令をうけた。石田伍長が僕たちの長だった。

「私も行きます。やって下さい」

佐久間はこの決死の壕掘りに進んで参加しようと云うのだ。こう石田伍長にいった。石田伍長はいけないといった。しかし、結局彼は小円匙を持って、僕たちについて来た。いい天気だった。すすきなどもあって、秋の上海方面の空は美しかった。この美しい空を戴《いただ》いて、僕たちは激しい射撃を浴びた。きのうの雨に、支那の土はやわらかかった。草の上に仰向いて寝て、僕たちは掘りはじめた。足もとや、頭もとにプスプスと敵の弾丸が落ちた。草や唐きびが弾丸でガサガサと鳴った。

日の丸のついた飛行機が飛んでゆく。

危険を忘れて何かしら楽しい。中学生のとき、運動会の準備に草をぬく、あのたのしいような汗の味わいだった。

僕の足に頭をくっつけて、やはり僕たちと同じように掘っていた佐久間一等兵が、掘る手を休めて僕にいった。

「私の雑嚢の中に、干《ほし》そばが入っています。後でみんなで食べましょう」

僕はわざと返事をしなかった。返事の出来ないほど苦しかった。

と、弾丸が激しくなった。

「あッ！」

石田伍長が叫んだとき、佐久間一等兵は、ばたりと倒れた。前額部から後頭部を貫通していた。赤い血が草を染めた。

◇

「のう戦友」

飯盒のたぎり立つ湯の中に、佐久間一等兵が残して行った干そばを入れながら奥良兵蔵がいった。

「あのうどんやは、おらより強いわい」

「うん」

僕は藁しべをかみながら空《そら》返事した。

「のう戦友。あの手帖には何を書いてあったぞや」

「遺書だよ」

いつか、一生懸命に書き入れていた手帖である。

「ほう、うまそうじゃ」

奥良は飯盒をひき上げてのぞきこんだ。

飯盒の蓋にそばを盛って、僕と奥良は食いはじめた。

「ねえ奥良」

「うん」

「こっちへ移動してくるとき、佐久間をさがしている従兄弟に、僕は佐久間の代わりに嘘の返事をして、佐久間になんにもいわせなかったろう。覚えてるかい」

「うん」

「あれを、お前は悪いと思うかい」

「うんにゃ、思わん。あの通り、佐久間は名誉の戦死じゃ」

そばを口にもってゆくと、感情のかたまりが胸いっぱいにこみ上げて来て、僕はもう口がきけなくなった。涙がぽとぽとと流れた。

うまいしっぽくをこさえますよ、といった佐久間のしっぽくの代わりのそばを食いながら、彼の細君に手紙を書いてやろうと思った。

封筒に、赤鉛筆で軍事郵便と書いて、

「奥良、お前の嫁にも書いてやろうな」

と、僕は奥良を見た。

戦場の点

馬の眼
突撃の心理
晴れた日
哀れな豚
塹壕について
茶
戦友との訣れ
とうもろこしちゃ
松と雁
戦闘記

馬の眼

砲兵陣地がすぐうしろの竹林にあるので、支那軍の迫撃砲はよく見舞った。雨が蕭々と降りしきって、竹林には砂煙が低く這い、クリークにそうた道はどろどろになって、歩くのにすべってはすべった。

僕は、僕たちの宿営している民家の入口にしゃがんで、このどろんこの道を往来する輜重の一隊の労苦を、はね上げる泥を頬っぺたにくっつけて眺め入っていた。しくしくと寒さが、ぬれた靴底の足に冷たかった。夕ぐれの色が濃くなるにつれて寒さは増してゆき、もう二時間もすればこの雨の中にずぶぬれになって歩哨に立つのかと思うと、ちょっと憂鬱《ゆううつ》だった。――雨にぬれて馬と輜重特務兵の行列がつづく。馬の顔はまったく長い。馬の眼はしょんぼりと善《よ》さそうな性質をみせている。どの馬も重い荷物をつけて、痩せて鞍ずれした皮膚が蒼黄色く化膿している。それでも馬は黙々と、どろんこの中を行く。

跳弾がその馬の一匹に当たった。長い首に当たったのである。馬はうめいて、もろくもざさりと倒れた。死んでいた。泥が馬になすくって、うしろにつづいていた馬はちょっと立ちどまったが、また黙々と歩き出した。倒れた馬をひいていた特務兵だけが馬の死体によりそって、ぬかるみの中に膝をつき、首輪をはずし、荷物をとって、長い首を撫でて吐息をもらした。雨にぐしゃぐしゃとぬれた頬に、涙のしょっぱいのもまじっていたことだろう。

その夜も雨が降りつづいた。

雨雲をゆすぶって砲声は響き、豆をいるような小銃の音は朝までつづいた。僕はその夜三回立哨した。壕の中に立っているのだが、前の堆土《たいど》にプスプスと弾丸は落ち、泥土ははねて、僕の口の中はじゃりじゃりとした。襟首から冷たい雨は流れこみ、軍靴をうごかすたびに靴の中で足がぐちゃぐちゃと鳴った。交替して、寝に帰っても火はない。焚火は迫撃砲の目標になってしまう。ぶるぶるとふるえながら、豆殻の上に眠る。膝小僧はがたがたとふるえ、歯はがちがちと鳴り、胴はぶるんぶるんと気味悪くふるえる。

むしろをぶら下げて冷たい風をふせいでいるんだが、その入口から、長い首の顔がのぞいて、いなないた。

（雨にたたかれて、竹林につながれている馬も淋しく寒いのだろう）

誰かが起きて

「どどうッ」

と外へつれ出した。

僕は、入れてやれよと声をかけようとした。しかし、家の中は泥靴がかみ合って足のふみ場もないのに、みんな眠っている。


僕の歩哨立哨最後の午前四時から五時までの立哨中であった。パッと雨が光ると、すぐうしろの放列は火を吐き、物凄い音響で雨雲をふるわせた。それから着弾して、人も物も破壊する、ぐわらぐわらという音を、かすかにつたえてくる。これが一秒おきくらいにくりかえされた。ちょうど黒と白とのだんだらをはげしい光でスクリーンに回転させ、耳をつぶすような音を打ち出しているかのようだ。

(何という壮観だろう)

すると、僕のうしろでぴしゃぴしゃと足音がした。やがて、温かい体温がかんじられた。馬である。どう放れたのか、さっき家の入口から人をもとめて長い顔をさし入れた馬か、昼間の輜重の馬が竹林からやって来て、歩哨線巡察としゃれやがったのである。

馬は、僕の顔に長い顔をあてて、上下運動をこころみていたが、今度は僕の頬っぺたをぺろぺろとなめ出した。僕は馬の愛情をかんじて、長い彼の顔を撫でてやった。ぬれた彼の顔は、いかにも長い顔である。

突撃の心理

江南の戦線に転戦、遂に負傷して幾十日ぶりかに故国の土を踏んだ。いまこうして明るい電燈の下で文章を書き、窓から見える明るい日本の家を見ている僕は、果たして本当に存在しているのかという疑問さえ持つ。文字通り廃墟と化した閘北《ざほく》の街や大地の傷口とも見える交通壕や敵兵壕、砲声と銃火、轟然と大地をくつがえす空爆、支那兵の死体、支那兵に虐殺された支那の農民、あかり一つない戦線の夜——こんな複雑な荒涼たる戦場の印象の強烈さに、完全にある日本の街々が不思議にさえ思われるのである。

支那兵はずいぶん頑強であった。しかし日本兵の突撃にはひとたまりもなかった。敵の優秀なブレニ式の機関銃、自動小銃、小銃の弾丸は、結局雨あられと形容するよりほかにない。この弾丸にあたらないということが不思議なくらいなのだ。やられたッという声、しぼるような、天皇陛下万歳という声が耳朶《じだ》を打つ。ピュン、ピュンと身辺をかすめ、パンパンと炸裂する。眼の前にプスプスと土煙を上げて落下する。この中を僕たちはとまこかいたちのように前進するのである。このときの僕たちの心理というものは弾丸のみにかかっている。射撃には間隙というものがあるのだ。戦線になれてくると、どの方面から弾丸がくるか、遠いか、近いか、高いか低いかということが自然にわかってくる。大地に伏せてこいつをじいっと判断するのだ。しかし、「弾丸《たま》」に全意識を集中しているわけでもない。隣の戦友と顔を見合わせてニヤリと笑いを交換する余裕はある。何か地物を利用出来たら手早く煙草を一服喫うくらいのゆとりは持っている。早馳《そうち》しながらも好きな詩を口ずさむことも出来る。酒場の借金のことを思い出す時もある。

突っ込めの命令が耳に飛び込んでくると、このときは夢中だ。夢中だが、自分は落ち着いているか、あわてているかくらい反省はする。この反省はうしろ指をさされまいとする心だ。また、ええどうでもなれと自分を精神的に投げ出すのを戒《いまし》める心だ。自棄的な心になれば、もうそれでおしまいだ。弾丸は必ず彼を見舞う。そうして死ぬのを、僕たちは犬死という。

プスッと支那兵を刺す。

このときは無念無想だ。

平時の生活の高低、教育の高下もない。

僕は「戦友」という言葉が嫌いだった。しかし戦線に立ってこの「戦友」という言葉の深さを知った。生命を一つに結び合わせて、友情以上の友情が僕たちには流れている。

たった一個、まったく一個のキャラメルを分け合ってしゃぶる他人と他人、一本の煙草を十人で喫う心、おのれの骨をたのむ心情は、決して軍歌の文句の絵空ごとではない。

僕は戦場の教訓をありがたいと思っている。

晴れた日

雨の日の、いやな陰鬱さにくらべて、江南の秋晴れの日はたまらなくよい。

しかも○隊予備で休養——戦闘は休み、ただ歩哨とか不寝番《ふしんばん》とかの勤務につけばいいときている。宿営の民家の陽だまりは、ぽかぽかとあたたかい。メエメエと白い美しい山羊は走り、水牛は角を天にむけて、のっそりとクリークにつかっている。

腕に日の丸をつけた、老人や子供を相手にあそぶのもよい。家郷に便りするのもよい。砲撃ものどかだし、小銃もいきり立ってはいないときこえる。

数日間、雨と泥とでかたまった、まきなおしをしない巻脚絆を解いて、軍靴をぬぎ、ズボンをまくり上げて足を太陽に晒す。クリークの水のおみおつけも、黄色い飯もうまいと、食った。久しぶりに太陽のさんさんたる光を浴びて、足は血が快くめぐり、皮膚は生々と甦る。

空には、（ああ、江南の秋晴れの空の美しい深い蒼さよ）皇軍の飛行機が悠然と飛んでいる。きのうまで、膝を没するまでの泥濘は、けろりと平らかな道に変わってしまって、ぽつぽつと土けむりさえ立つ。

軍衣をぬぎ、軍袴《ぐんこ》を脱し、シャツをぬぎ、認識票と御守《おまもり》だけをななめにかけて、太陽を浴びて、ぼんやりと眺める支那江南の大陸には、鳥がないている。

ひとり、ふたりの支那の子供、日の丸を腕にまいて、日本兵とあそぶ。

子供は、支那の子供は、子を好きな兵士を知っている。子の好きな兵士は、大てい髯を生やして笑っている。生活の皺が眼尻にうかんでいる。

「あの稲を刈りたいよ」

ひとりの兵士が笑った。

哀れな豚

上海の兵站病院で、僕の隣に寝ていた土佐の兵士にきいた話である。

羅店鎮《らてんちん》を攻略して部隊は前進した。

ある民家のかげに大きな、仔牛ほどもある豚が死んでいた。流弾に頭をやられたらしい。ふと、立ちどまって兵は
「うまそうなトンカツだぞ」

といった。そして豚に近づくと、彼はさっと顔色をかえた。豚の背中にかくれてみえなかったが、豚の仔が六匹、死んだ母豚の乳房を求めているのをみつけたのである。たぶんにもれず民家は焼け、放火され、掠奪《りやくだつ》されて、見るかげもなかった。そのかげに豚は死に、豚の仔は、乳房を求めて鳴いているのであった。

近づいて行った兵士は、銃を担って部隊といっしょに前進しはじめた。みんな、その豚のそばを通るとき足音をひそめた。

哀れな豚よ。

「おれは、それを思い出すと、泣けてきていかんよ」

土佐の兵士は変な顔をして笑った。

塹壕について

支那側の塹壕は実に手がこんでいる。


ていねいに擬装をほどこし、壕壁は新しい壁のようにすべすべしている。横ッ腹に一坪ばかりの寝室をもうけたりなぞして、なかなか贅沢をきわめている。もっとも江南の土はやわらかい。面白いほど小円匙は土にくい込む。しかし、僕たちではとうていこれだけの仕事は出来ない。交通壕など掘っても荒っぽくて、深さも高々《たかだか》、胸までくらい。支那兵のそれは悠々立って歩いて、外から見えぬくらいに深い。

こいつに、掩蓋を設け、射ちまくるのだから僕たちもたまったもんじゃない。

僕たちも壕を掘った。けれどもどうやら身体が入ってどうにかかくれれば、それでさっさとやめてしまう。

「よくも、こんな立派な壕によっていて、逃げ出したもんだな」

兵士はいう。

僕たちは往々この支那兵の壕をそっくりそのままちょうだいする。いや、少々埋ずめてしまって借用する。

「前進のとき、壕が深いと飛び出しにくいや」

僕たちは主《しゅ》として、やどかりの如くである。

茶

あれほど匂り高い紅茶をのんだことはないと歓喜し、ほろほろと涙のこぼれるほどだった。支那の華やかな茶碗に美しい紅《あか》みある液体は、何としても美しく、焼け爛《ただ》れた戦場の民家での唯一の清らかな色であり匂いであった。しかし、水は例によってクリークの水であった。ころころと流れ込んだ匂いと氷砂糖の甘味は、いつまでも口の中で匂い残り、咽喉の底にからんでいた。

——あんな紅茶がのみたい。

あらゆるときにそう思った。思うというより身体全体で渇望した。

しかし、あるときひとりの兵士が、僕にのんでごらんなさいといった。アルミのコップにそのたぎった水筒からうけると、深いみどりの日本茶だった。いくら戦線になれても、クリークの湯はつらかった。あの胸つくような臭みは、がまんのならぬものだった。

僕は息をつめてじっとその深いみどりの湯に見入った。心の底から、茶をのむうれしさがぐうっとこみ上げて来て、眼頭があつくなる思いであった。口に流し込む——というより、大事な高貴な薬をのむように喫うと、ほろりと高い茶の味と匂いが口中にひろがった。その兵士は笑って

「うまいだろう」

といった。

「うまい」

と僕は答えた。

僕はその兵士が大切にしまっている茶の葉を二、三枚もらって、かりかりとかんでみた。

その夕方、僕は負傷した。

戦友の訣れ

一般に戦友という。

「おい戦友、煙草持ってないか」

など。

この戦友の中でもとくに親しい戦友である。ともだちの中での親友といったもの。しかし、男ばかりの世界である。フロイド流の解釈もほどこせぬことはない。相当の年配の兵士もいるので、もちろん、平和な近所づき合いといった仲もある。

「松村さん、よく降りますなあ」

「まったくですね。戦線での雨はまったく涙ですね」

「どうです。あたたかい味噌汁が出来てますが。鰹節をうんと入れて、だしはよく出てるし、葱は生命がけですよ」

「いやァ、どうもすみませんね。御馳走になりましょうか」

「ときに、松村さん、貴方は独身ですか」

「ええ」

「どうです。もうそろそろお貰いになっちゃあ。私なぞ、もう子供が六人、長男などしっかりしてましてね。学校から帰ってくると前垂《まえだれ》をかけて店を手伝うんですよ。子供は、何ともいえませんよ。松村さん、早くお貰いになって子供をつくらなけりゃ、だめですよ」

荒涼たる兵士たちと、軍馬と、兵器とで埋ずまった戦線での会話である。雰囲気にそぐわぬ会話ながら、こうした淡々たる会話の中にふるさとの平和をじっくりとかみしめて、泣き笑いしているのである。

「やっぱり、年ですねえ。争えませんよ」

大正九年兵というから三十九歳である。強《し》いて志願して出征して来た、温厚な、しかし闘志満々たる兵士であった。ちょっと傷をして、なかなか癒えないというのである。

「若いときには、傷のちょっとくらい、すぐ治ったもんですけどもね」

人の好さそうな顔に眼を真赤にして、火を燃やして飯を炊いている姿は哀れであった。善良なやもめ、そんな感じである。それが戦場であるだけに、とくに痛々しい。

○一等兵は、僕より二ツ三ツ年上であったが若く見えた。しかしさすがに物腰はおちついていた。無口で、いつもこつこつとやるといった風であった。その彼が一、二日のうちにげっそりと痩せてしまい、唇など紫色を呈していた。何をするのも、ものうげであった。

「熱があるんじゃないですか」

僕はたずねたが、いやべつにと静かに答えた。二日ばかり前、十五キロばかりの道を雨にやられながらも弾薬を受け取りに行ったのがずいぶんとこたえているらしかったが、僕にはただの病気だとは思えなかった。それで額に手をあてると燃えるように熱かった。

「本当はね、苦しいんですよ」

彼は静かにいった。苦しいですよというのだが、なみ大ていの苦しさではなかろうと僕には思われた。戦線では、病気で後退するのをまったくの恥としている。だからじっと苦痛をこらえて前進するのである。肉体的な痛苦に加えて、精神的な闘争も重なって、その苦しさは想像のほかであろう。

「吐くんですよ。それに下痢しましてね」

彼はこの身体で戦闘して来たのである。彼を動かしたものはまったく気力だけだと僕はかんじた。

「松村さん、私の雑嚢の中に煙草が入っていますよ。弾薬を受け取りに行ったとき、砲兵にわけて貰って来たんですよ」

二箱のピン・ヘッド〔煙草の銘柄〕が入っていた。さし出すと、

「貴方にあげましょう」

といった。「私はとても喫えません」

「馬鹿な」

僕は笑ったが、藁の上に横たわっている彼は蒼白で、大きい息をゆっくりとしていた。僕は、ふっと、これはコレラじゃないかなと思った。

「一箱だけいただきますよ」

二日というもの煙草を喫わなかった。うまかった。むらさきの煙を眺めて、彼は淋しそうに笑っていた。

結局、僕は彼に極力すすめて後退させた。しかし、彼の消息をきかない。

とうもろこしちゃ

とうもろこしちゃ、妙に語呂のわるいことばであるが、クリークの水にしろ、井戸の水にし

ろ臭い。胸をつく。鼻をつまんでのんでも咽喉はこばむ。うきくさがうき、死体がうかんでいるのをそっと竹で片よせて、飯盒を水面にさしこむと、きれいな水がとれる。といっても、しょせんは支那のどぶ水である。手すりというか、ふちのない井戸に腰紐を結び合わせたりなどして飯盒で井戸水をくみ上げる。ごみがうじゃうじゃとまいまいしている。こいつを生でのむとたちまちコレラ、チブス、赤痢にやられてしまう。沸かしてのむのだが臭い。茶の葉があれば、臭みは消える。パール・バックの「大地」の中に、湯に茶の葉をうかせて王龍《ワンルン》が父のところへ持ってゆくと父は贅沢だと怒る。彼らはどうしてあんな臭い湯がのめるのだろう。上海の水道（英資本の経営である）の水すらも、ぷんとくさい。

僕たちは、そこでいろんなことをこころみた。

クリークの楊柳の葉を集めて支那鍋で焙じて、茶の葉に代えるのである。しかしこれは美しいみどり色になるが匂いがない。燕麦《えんばく》をみつけ出して、同じように、支那鍋で焙じて、乾パンの袋に入れて麦茶をこさえる。こいつはしかし、ちょいといける。煮出すと濃いコーヒーの色だ。氷砂糖などあれば、ちょっとオツなのみものになる。ぷんとくるかんばしい麦の香りは、実にうまかった。さて、とうもろこしちゃ――唐玉黍茶《とうもろこし》である。とうもろこしを焼いて入れるのである。

珍妙な発明である。

ああ、しかし何という哀しい戦線風流であったことぞ。

松と雁

負傷して後退するときの気持ちったらなかった。もうとっぷりと暮れて、さっき銃火の中を前進した畑の畔を求めて、目標の雑木林の中の民家へ歩き出した。腕をやられた奴、足をやられた奴、それに右眼《うがん》をやられた奴の三人で、護衛兵をつけようというのを断って後退するのである。五百メートルも来たころ、遠くチャルメラの音をきいた。支那兵の夜襲である。そのうちに、弾丸がバラバラと木の葉をおとした。あとは、あられのような弾丸で、僕たちはしゃがんだが、不具《かたわ》〔体が不自由な者〕ばかりの三人、どうしようもなかった。どうにかこうにかたどりついた民家は○隊本部で、予備隊はまさに第一線増加の形勢であった。仮包帯所をたずねて、また三人の不具者《ふぐしゃ》は闇の中をまさぐって歩いた。

仮包帯所をみつけるまでに三時間近くかかっていた。

そこで、ぐっすりと眠った。

朝になって、隣の室に血だらけの男をみつけた。それは、僕の現役時代同じ中隊にいた男で、きのう第一線で偶然にめぐり合い、親身に、しんみりとした声で
「松村君、気をつけてやってくれよ。俺はもう戦線になれているから大丈夫だから」

といった、その男である。

「やられたか」

顔を見合わせて、二人は苦笑した。

やがて、また負傷兵が退って来た。その中に元気な顔をした兵士がまじっていた。さきに書いた僕の私設副官である紅葉潟こと小椋一等兵である。

「おらもやられたぞ」

みると、肩のあたり、どすぐろい血がにじんでいる。

「おらは、戦友の副官じゃ。負傷してまたいっしょじゃ。荷物を持とうか」

彼は、カンラカンラと笑った。

いよいよ、野戦病院へ退ってゆくことになった。朝露は枯草に光って、うすい陽の光が朝霧を透してかがやいた。戦って来た戦場である。支那兵の新しい死体はいたるところにころがっ

ていた。重傷者の担架がぎいぎいと鳴って、そのあとに独歩の負傷兵がつづいた。血が赤々とにじんだ包帯と軍服に、大地の朝の匂いがしみこんだ。太陽の色の赤いこと、まだ枯れぬ草のあおさ、くたびれた葱には霜をおいている。

僕は、眼をふさいでいるので畔道の高低がよくわからず、竹の杖をついて、よくころびそうになり、傷口はずきんずきんと後頭部にまでかけて痛み、汗はたらたらと背中を流れた。眼球が刺すように痛い。

二線、三線と、塹壕は掘られている。

(よく攻めつるものかな〔よくぞ攻めたものだ〕)

麻雀《マージャン》の牌《パイ》がころがっている。後続部隊の兵士たちが、僕たち負傷兵の列をみて

「ご苦労だったぞ」

と手を挙げて挨拶し、痛々しそうな眼で見送った。僕の胸には、この声にあついものが湧いた。

黙々と行く負傷兵の一行は、一歩はなれてみると、愴然《そうぜん》たるものがあった。

「まだ四キロあるとよ」

野戦病院までは遠い。予定以上に進撃したためである。

「四キロ、一里か」

乾いた血が汗にとけて頬をつたう。

「あと、一里か」

傷むのか、一人の兵士は立ちどまって、むむと唸った。

ひとつの壕、ひとつの家、ひとつの樹に、見おぼえがあった。攻撃の記憶が甦ってくるのである。生々しい新しい記憶である。幾年か後、この戦場を訪れる日あらば——僕は映画にこうした場面があったようにおもう。鳥がないている。砲声も銃声もきこえない。血にうずく傷をおさえて、僕は美しい、きれいな音楽がききたいとおもう。鳥の声がひろがって、音楽への思慕が高まるのである。

きのうまで○隊本部にあった部落をすぎて、また五百メートル。そこの部落に、新しい兵士たちがかたまって、その軍服には汚れめひとつなく、朝日にかがやいていた。

「おお」

同じ故郷の兵士たちである。

「きのうの戦闘で?」

彼らは僕たちをとりまいた。僕たちは休憩しないわけにはいかない。

「私たちはきのう、上陸したんですよ」

「きのうの戦闘はひどかったんですね」

彼らは、新しい戦場に興奮して口々に質問をはなち、生々しい負傷のあとに眼をみはり、痛々しい表情で
「水はありますよ」

「煙草お喫いなさい」

と美しい心情を示す。その態度は、何かしらはげしい気迫のほかに、おろおろとしたものがある。(僕も、戦場に到着したときそうであった)

「お大事に」

「元気で、気をつけて、やって下さいよ」

「煙草持ってらっしゃい」

「いやいいんです。それより第一線にいる奴にやって下さい。煙草に飢えていますからね」

ふたたび、行列はつづく。

――野戦病院につくと、ほっとした。その夜、遠くに砲声をきき、軍衣も軍袴もぬいでのびのびと寝た。朝起きると、身体の節々がぽきぽきと痛んだ。肉体の労苦が一度に湧き出したのである。

「散歩して来ようかな」

僕と同じように右眼をやられたHが診断をうけたあとで出かけて行った。一時間くらい経って帰って来たとき、彼はその手に松の木の枝を持っていた。

「ああ、松の木だ」

松の木、感慨があった。

その夕方、赤い夕やけ、砲声もない、晴れ渡った空を雁が並んで飛んでゆくのをみた。

「一羽、二羽、三羽……」

誰かが、美しい弧を描いてゆく雁の数を数えた。

「小学校の読本《とくほん》にあったね。雁が飛んでゆくのを、数えるのが……」

後備一等兵のKが額の皺を深くみせていった。「わしの、息子が読んでいたようにおもうのだ」

戦傷死者を焼くけむり。におい。

戦闘記

明日十五時から攻撃を開始するという。ところが友軍の散兵壕が不完全なほどだから敵の壕に近づくための交通壕などまだ手もつけられていない。〇隊予備の僕たちがその援助に出かけることになったが、十数名の僕たちはすぐ敵に発見されてはげしい射撃をあびた。どうやら援護になる白壁の家にまでたどりついたが、それから〇隊のいる第一線の壕まで三百メートル、それが敵から見通しのもとにあった。これでは攻撃するにも味方の犠牲を出すばかりだ。ここから第一線まで交通壕を掘るよりほかあるまいと思われた。

I伍長が連絡に行って生命からがら帰って来て、隊長もそうして欲しいというから一気にやっつけようということになった。

土にねころんで、円匙で掘り出した。

秋の空は高い。汗が流れた。

敵は僕たちに猛烈に射撃した。掘り上げた土に弾丸がプスプスと落ちた。

深さは胸まで、各人一メートルの責任、だいたいその第一回――十数メートルが出来た。

僕の受け持ちだけは浅かった。

「だめだな。松村さん」

僕の隣りを掘っていた兵士が汗で光る顔をして笑って、手伝ってくれた。弾丸は猛烈にやってくるけれども、もう平気だった。

「少し休憩だな」

まだ日は高い。

Ｓ一等兵が新しい壕から飛び出して唐きびをぽきんと折って来た。皮をむいて、ちゅうちゅうと吸う。甘い液汁が口の中にひろがって気持ちよく、友軍の飛行機の爆音が高々とひびく。砲声はいんいんとひびく。

こんどはＫ上等兵が、欲ばって三本折って来た。壕の前方十メートルのところに唐きび畑があるのである。Ｋが壕にとび込むが早いか、タタタタ…と機関銃が鳴って、唐きびをゆすぶりなぎ倒し、壕の盛土にプスプスプスとつきささった。

「馬鹿め」

Ｋも、みんな首をすっこめて笑った。みんな、唐きびをしゃぶっている。

煙草をまわしのみにしてふたたび作業にかかった。こんどはこの壕の切れ目の五メートルばかりのクリークに橋をかけ、対岸からさらに壕を掘ってゆくのである。と、対岸の小さな丘のむこうで唸る声がした。伝令が負傷したらしい。元気者のＩ伍長が、クリークのすそを廻ってかけつけて行った。しばらくすると息を切らせながら走って帰って
「今朝から負傷してるんだぜ。弾丸はひどいし、遮蔽物はないのであすこから、負傷の身では

帰れないんだ。ここから十五メートル、大急ぎでとにかくあそこまで掘ろう。でないと出血して死んでしまう。どうせ掘ってゆくところだ。大急ぎで掘ろう」

ひと一人の生命がかかっている。ひとことも洩《も》らさず、僕たちは掘った。軍衣をぬぎすてて掘った。汗が流れた。咽喉が乾いた。

「おい、お前のシャツは白い。危ない。目標になる。あつくても軍衣を着てろ」

Kが注意した通りだ。白いシャツのSの周囲にパッパッと土けむりが上がり、クリークの水面にシュッシュッと弾丸がおちた。

支那の土はやわらかい。びっしょりと汗をかくと、十五メートルの長さが掘れた。負傷兵は泣いていた。負傷兵を白壁の家にいる兵士たちにとどけると、僕たちはほっとした。煙草がうまかった。

「写真撮ってくれませんか。こう、このクリークの橋を渡っているところを」

気の早いKは仮橋の上に立った。

彼をみつけた敵は、僕がカメラを取り出す間に、もうはげしくKにむかって射ち出した。

「早くやってくれ。ズボンがぬれる」

弾丸はクリークの水におちつづけた。

「よし」

僕が叫ぶと、彼は壕の中に飛び込んで、大きな息をはずませて
「松村さん、こんなにぬれたじゃないか」

といった。

「おーい」

と叫ぶ声がした。息せききってやって来て、その伝令は
「すぐ帰れという命令だ」

「へえ、壕は掘れてないぜ」

「明日の予定がきょうになったんだ」

「攻撃がか?」

「うん」

「弱ったな。壕はまだ三十メートルも掘れてないんだぜ」

お互いに顔を見合わせた。

「帰るか」

僕たちは、準備した。

「ひどいな」

伝令がいう。

「弾丸のくること、くること」

ひとりずつ、タタタと二十メートルくらい走って伏せる。それからまた走る。息がはずんで綿畑に足はもつれる。弾丸は、僕たちをめがけてシュ、シュ、シュとくる。どうやら○隊にたどりつくと、みんな第一線増加の体勢をとり、鉄かぶとの紐をしめている。

「飯くったか」
○隊長が僕たちにたずねた。
「急いで食え」

彼らは出発した。三日の準備でなじんだ支那の子供が淋しそうに見送った。

僕たちは、家の中に入り、あるったけの米を炊いた。湯気のたつ飯をフウフウと食った。ぽたぽたと汗が落ちた。

「行こう。遅れたら大へんだ」

巻脚絆をきりりと巻き直す。足をうんとふんばって大きい呼吸をする。心臓の音がどきんどきんと、きこえる。武装する。重さがずっしりとこたえる。

走った。走った。

小円匙がガタガタと剣にふれて鳴る。弾丸はピュンピュンと降る。砲の音がものすごく耳をうち出した。走りながら、息が荒々しく、血がかっとかけめぐり、足は心のままにうごかない。

やわらかい綿畑の土のたよりなさと、動悸《どうき》のはげしさに、息がつまりそうだ。

さっきの白壁の家にとりつくと、◯隊長が絶叫している。

「敵は浮足立った！」

数台の戦車の砲が間髪をいれずに火を吐いて、機関銃は唸り、軽機の銃身は真赤にやけて、進めッ！　という、はらわたをしぼるような絶叫と、意味のわからぬ声が、すさまじい勢いで大地をふるわせる。

夕ぐれの陽は血のように赤い。

枯すすきが白く光っている。

楊柳が立っている。

交通壕の中を走るのはもどかしい。壕の外に飛び出して走った。汗が眼にしみ、頭はくらみそうだ。

「糞ッ」

口をついて出る。

音響。戦車の轟音、大砲、光りと、音と、声と、たぎり立つ血が戦線をいろどる。銃につけた日の丸がかがやいて、走る。

唇に汗はながれこみ、眼に汗は流れ込み、僕はもう動けなかった。物凄い音をたてて心臓が鳴っている。息がつまる。息がつまる。口を、出来るだけいっぱいに開いて、弾丸のとぶ天にむけて、大きく、早く、呼吸する。

「うむ、糞ッ」

銃は、手のひらの汗ですべる。

「頑張れ」

誰かがうしろで叫んだ。

走る。ただ走る。硝煙は大地を這っている。工兵の、水につかってささえる橋を走る。

「ありがとうッ」

工兵は水の中で笑っている。すべる。クリークの小さな堤《つつみ》によって、また大きく息をする。

冷たい秋の夕ぐれの空気が、肺の中をじいんと冷やす。

「いるかァ」

戦友をよんでいる。

敵の壕に一気に飛び込む。いま死んだばかりの支那兵の死体で壕の底土はうずまっている。水がたまって、ぬかるんだ土は血に染《そ》んでいる。ぶす、ぶすと、軍靴はのめりこむ。

「野郎ッ」

支那兵を刺す声がする。（ああ、この殺人のかけ声は映画の口調《こうちょう》である。恐るべきかな）

敵の第二戦陣地へ一気に突撃の体勢はのびる。ひびく戦車の砲声に、銃火の音と、叫ぶ声、怒号、瀕死のうめき声。落ちる太陽は赤く、綿の花はくれない。凄絶である。夕ぐれの戦火に銃の日の丸ははためいて走る。

死体。死体の重なり。なだれをうって逃げる敵。

息をついて、まだ荒々しい息をついて、銃を杖に
「無事だったか」

と手を握る。

陽は落ちて、美しい夕ぐれ。

壕内掃蕩《そうとう》の銃声がときどきひびく。

嗚呼《ああ》。

点《つ》けた煙草の火がうすく、小さくふるえている。

「生きていたぞ」

「俺もよ」

黒く光る顔と顔、笑う声もからからにしゃがれている。

詩集戦線

支那海
閘北の墓標
戦線街道
野営
戦線の土
陽だまりにて
埋葬
死馬
山羊のいる戦線にて
水牛の角

黄浦江
市街戦の跡
戦場断片
虫
戦後
敵屍
攻撃準備
乾パンの歌
支那茶碗の哀愁
夕暮れ

支那海

深いみどりの色もいつしか
水を噛む舳《へさき》の泡も黄いろく
船影ひとつなし支那海の昼
エンジンの音のみ風に唸る

あふれみつ兵士の力の蔭に
万歳の声旗のしぶきは浮《うか》ぶ
船足に追うふるさとの思い
黄色の海に太陽はぎらぎら

新しい銃のにぶいひかりに
革具のきしみ冷《つめた》い剣の刃先

船室にわきあがる日本の力
秋近い支那海の昼は風光る

黄浦江《こうほこう》

船腹をうつ黄色い水に
南瓜と屍が浮き
灰色の天に
砲声 雲を呼ぶ

楊柳の並木道を縫う
日の丸の軍用トラック隊の行進
塔の白壁は弾痕に痛く
雨蕭々と土にそそぐ

艦砲の口をみせて
呉淞の街は空しく
鋼鉄の戦艦に
旭日の旗ひらひら

黄浦江はにぶく黄色く深く
戎克《ジャンク》の英国旗《ユニオン・ジャック》に支那人は天を眺める

閘北《ザホク》の墓標

鶏頭の赤さが眼にしみて
廃墟の街に菊の花は匂う
新しい木に墨の色は濃く

赤茶けた盛土に立つ墓標
宝石店の破れガラスにも
飯店の窓枠の中にも映る
赤い鶏頭のある新しい墓
まだ立ちこめる硝煙の色

市街戦の跡

敵の死体は手榴弾をつかんでいる
硝煙と死臭のたちこめた水だまりに
空しく手はのびて血のういた水は赤黒い
家々の地下につづく交通壕

ならぶ掩蓋機関銃座
くずれ落ちた壁も屋根も
ぶすぶすと秋晴れの空気にいぶって
赤いチャンチャンコを着た苦力《クリー》の群れは
同胞の屍をひきずって表情もなく
空を行く爆撃機のひびきを仰ぐ

舗道の弾痕にころがる小銃弾
あさましい街は底の土を見せて
抗日のポスターに涕水《はなみず》が青く乾いている

戦線街道

歪んだ鉄路の石は血に滲《にじ》み

街道は秋雨にじるい〔ぬかるんでいる〕
弾薬を運ぶ輜重隊の行列に
砲声は天地にこめて
気球は高く灰色にくもる

軍色《ぐんしょく》の強大なトラック
軍色の乗用車に日の丸の旗
糧秣を負う駄馬に汗あり
轍も脚も土にのめり
銃剣は秋雨の露をたたえて光る

音も響きも秋雨にとけて
踏みにじられた畑の土は黒い
鼻うたは小粋《こいき》な故郷のうたか
特務兵の髭を馬はなめて

枯草に長い顔は未練のかたち

戦場断片

閃光は眼をうち
砲音は大地をゆすぶる
さかんなるかな

銃火は壕に火帯《かたい》となり
負傷の兵の声のみ
星はしずやかなれど

怒声　土を這い
剣尖は星にきらめき

露草に敵の屍はかさなる
夜の土に伏せて
あたたかく匂うに
戦友はここにも眠れり

クリークの水と泥に
軍靴の足は重く
くいしばる唇に汗は流る

樹の枝をかすめ
秋の葉はほろろ
迫撃砲の唸りに裂けたり
革具のきしみに

綿の木は頬につとうて
弾丸は肉体をかすめ炸《さ》く

クリークの楊柳にすがり
吐く息も荒々しくて
あたたかき血の流るるを感ず

銃火は絶えて
銃身の熱きを握り
銃口に落つる涙はなんぞ

汗は晩秋の夜気に冷えて
戦友《とも》呼びかう声を聞きつつ
傷を押さえて敵の血を嗅ぐ

夜営

農民の主《ぬし》なきを借り
支那の家に眠る今宵
豆殻を焚きて夜寒をしのがん——
戦友の声は溌剌《はつらつ》たるに
十字火の労苦に痩せたり

気味悪き砲韻 屋根をかすめ
銃火はあくまで絶えず
ざれごとにさんざめき
伸び生えし髭に笑えど
ふと洩れる ふるさとのおもい
炸爆《さくばく》の響きにそいて流る

青竹の尺八の音もあり
しのびよる肌の寒さに
夢はとぎれて楊柳に朝霜を見る

虫

麦の芽も萌《も》えて
戦友の化した黒い土に
薬莢は冬陽に光る

枯草に霜おくあした
捨てられた銃剣を這う
秋の虫は余命いくばくか

匂いもきつい塹壕の土に
擬装の草は夜露にぬれて
虫の音ひとつ挽歌にも似る

大陸の星々はあおく
敵の飛行機は流れ星の如くひとつ
かすかに遠い爆音に虫の音ひとつ
傷ついた農夫の号泣《ごうきゅう》はかすれ
戦友のくさめに夜寒深々《しんしん》

戦線の土

故新階基《しんかいもとい》大尉へのアリア

砲声殷々と雨雲を呼べり

主のない痩仔《やせ》猫うつろなる家に泣き
輜重の馬は静かに疲れた尾をふる
白き山羊も泥によごれて寒く
将兵は語らず黒い戦線の土に立つ

砲声の呼べる雨は大陸の土にそそげり

かたぶける支那農家はぬれ
竹林の散り敷ける笹はぬれ
あら草のつつむ墓塚《ぼちよう》はぬれ
果《はて》しない戦線の土はぬれる

楊柳はけぶって
クリークの浮草うごく

ああ　大陸の土は静かなるに
ああ　勝利のよろこび湧くに
この淋しさのくい入るは
ああ　貴方がいない
ああ　貴方は死んだ

大陸の雨は貴方の上にそそげり

戦後

家はみじんに
敵の死体の眼はうつろ
弾痕に
花一輪

土にまみれて
硝煙は
はなびらに這う

陽だまりにて

黒き支那の農夫は
ちんばなりき

断髪の色黒き少女は
黒き土を握りて
白々とわらえり
あんずるに
祖先千代《せんだい》の骨に

ふとりたる土に
またほとばしりたる
血をごくごくと吸いしを
白々とわらいたるか

日の丸の旗に
わらいたるに
支那の童児の
歯の美しかり
そはまったく
天真の白きよ

編竹《あみだけ》の高き垣によりて
吾《わ》が子の如きよ
小輩来たれ

と
支那の童児の
銃なでさするを
髭面の兵は笑《え》めり
父なる黒き農夫は
哀れ銃火にちんばなりき

敵屍

クリークに浮かぶ
あおぶくれたる
敵の死体に
進撃の兵は

手折《たお》りて
花を投げたり
魚《うお》の啖《くら》いたるか
あおぶくれたる
皮膚はうつろなり

埋葬

小円匙は土をはんで
ゆんべ笑うた
戦友の塚穴を掘る
さくさくさくと
胸せまる哀しみは

唇にしみ
塚穴の小石ひろいて
すすり泣くあり

攻撃準備

ずっしりとひく弾丸の重みに
帯革はぎしりと薬盒に軋《き》しむ
ぐっと腹をしめる戦いの粧《よそおい》に
笑いあう戦友の眼のみひかる
物入《ものいれ》の遺書《かきおき》に心かろがろなる
ふとよぎる未《いま》だみぬ赤ン坊も
持ちごたえする銃剣の重みに

消え去って吾《わ》れは強きという

空軍は大陸の空に光り圧して
爆弾は点々と深空《ふかぞら》をよぎった
音は天地をゆすぶりてゆする
巻脚絆にしめたる脚に力あり
肉体は緊張にこわばり痛きも
硝煙大地をつつむに秋は深く

死馬

馬痩せて
笹の葉にまみれ
朝の雨にたたかれ

竹林の池に
仆《たお》れて死んだ

善良な眼
善良な長い顔
骨ばって哀れ
死馬の皮膚に
兵も哀れ

乾パンの歌

清潔な
乾パンの音
夜戦場の土は匂い

湿った冷たい壕で
乾パン袋の底にさがす
小さい金平糖
土くれの指に
乾パンは
清潔な音

山羊のいる戦線にて

山羊の生命《いのち》は哀れなるに
山羊の目は病《や》みたるに
山羊の白きは汚れたるに
山羊はメエメエと走り逃ぐ

山羊は銃火に仆れぬ
山羊喰らうわれは
山羊の生命を喰らい
山羊ならずわが生命をも——

支那茶碗の哀愁

白い汚れた欠け茶碗に
支那の栄華の花模様あり
楊柳の葉をうかべて
クリークの湯をすする
砲弾ひびいて
湯は波うちこぼれ
豆殻の枝にしみ

支那茶碗持つ
あらくれの指の土は
黒々と生き返ったり

水牛の角

水牛の尻の蠅《はえ》は
竹の編垣《あみがき》にとび
角は秋晴れの陽に
にぶくのびて
砲声に耳はぴくり
ふみつけた黒土は
きのうの雨にじるい
水牛の角はぼんやりと

秋晴れの光線を切っている

夕暮れ

支那鍋にめしたくけむり
嫋々《じょうじょう》と〔弱々しく〕雑林の樹間を流れ
袍子 土にまみれて
その藍はかなしい

壕の盛土に敵死体の埋もれ
死の手 一本 力なく天を指さす
その色やあおく
魂のない手首に夕陽さす

上海戦線の余韻

花を惜しむ
紅茶の匂り
めぐり合うこと
めぐり合うこと（つづき）
戦死する兵士
花を抱いて
小輩来来
上海戦線の土
浄瑠璃どころ

花を惜しむ

僕たちのいまいる病院の横に、小さな木の墓標がある。菊の花と羊《よう》かんがまつられて生々しい土が黒く眼にしみた――雨でこねまわした畑と田、低い雲、爆音も高いわが○○機影、軍用トラックのうなり、切れて地に這う電線、クリークには可哀そうに山羊の死体が浮いている。この辺は上海の郊外で、日本でいえば東京の目白とでもいうところだろう。紅葉した林と林の間に、赤い屋根の文化住宅が見える。中には空爆の洗礼を受けて無残にも煉瓦の壁だけの家もある――支那風というよりは西欧的な風景だ――こんな中に花のある墓は誰のだろうと、僕はそっとのぞいてみた。小さい墓標には、愛馬黒髪《くろがみ》の墓と、あんまり上手でない文字が黒かった。

ひどい道を一人の砲兵が来る。手に菊の花束を持っている。僕が声をかけると

「戦友の墓にまつってやるんですよ」

と答えた、そしてもと来た方を指しながら

「すぐそこのところに、いい盆栽やら、花壇があるのですが、空爆で殆《ほと》んどだめですよ」

と惜しそうにいった。真如の無電台のアンテナが遠く見え、その上空を〇〇機が飛んでいる。

あれは何日だったろうか、何にしてもずいぶん昔のことのようにさえ思われる。第二線から第一線へ移動の途中、一兵士が敵の流弾のため胸部に盲貫して〔銃弾が体内にとどまって〕むーッとうなったきり、戦友の手当ての甲斐《かい》もなかった。しばらく経って、また僕たちの部隊が移動することになり、その兵士が戦死した道を再び通った。そこに、つつましい塚が出来ていた。その兵士の墓なのだ。しかし、この塚には花がなかった。水筒と線香がわりの煙草がまつられていた。

「花があればなァ」

一人の兵士がつぶやいた——見はらすところ綿畑と麦畑と野菜畑だった。一人の兵士が、つと横の民家へ入って持って来たのは、芽をふいた玉葱だった。それを供えて

「玉葱だけれど、芽をふいている。我慢してくれろよ、なァ、戦友」

というのだった、僕の眼がしらは、いつとなく熱くなった。東部竹園《ちくえん》附近でのことである——

真如の馬の墓、真如の菊の花、ああそして心をこめた玉葱の供花《そなえばな》よ！

紅茶の匂り

第一線で紅茶にありつこうとは夢にも思わぬことだった。井戸はあっても汚水と同じように穢《きたな》くて臭い。クリークの水も大差はない。この水で炊いた飯、この水でわかした湯。僕は、まるでやさしいおふくろの乳房を恋《こ》うるように、阿波《あわ》の徳島の水道の水をなつかしむ。上海に上陸して上海の日本人街を通って第一線へ行軍の途次、何という街だったか美しい若い看護婦さんたちが、ガラスのコップ（久しくガラスを見ない！）に清い美しい水をなみなみと注《つ》いで、のましてくれた。立てつづけに僕は二杯のみほした。遅れてはと走るとき、咽喉をつたう水の美しいたのしい感触――あんな美しいきれいに澄み切った水がのみたい――こうした希《ねが》いは誰も持っている。このとき僕は、クリークの泥水の匂いもしない紅茶にありついた。しかも第一線、敵前三百メートルというところでのことなんだ。

「松村さん、僕を知っていますか」

という。僕は率直に知らないと答えた。若い現役の上等兵である。

「徳島市の富田分会の松崎登《のぼる》氏を御存じでしょう。あの人の息子さんで、中尉になっている正臣《まさおみ》君と同窓で、久保っていうんです。貴方の後輩ですよ」

そして支那の茶碗を差し出して、おあがりなさいという。これが紅茶だった。うしろの竹藪に迫撃砲の集中、小銃弾は飛び、炸裂弾がパンパンと鳴る――何というシうまさだ。クリークの臭みもない、何という高い匂り。僕にはこの若い現役の久保上等兵が、よほど僕より数段も上の人物のように思われた――数日後、久保上等兵は左腕に負傷したが、元気な男だった。

めぐり合うこと

夜襲が恐いのだという。昼間でさえも迫撃砲、チェッコの自動小銃機関銃の文字通りの雨あられだが、夜になるとこれに倍する射撃を加える。壕にいても、民家にいても、まったくやかましくって夜も眠られない。

「チャンの奴、あれで弾薬がよく続くもんだな。身体もたまるまいに」

日本の兵士たちが舌をまくほどだ――もっとも日本の兵士はめったに弾丸を射たない。何しろ敵は立派な手のこんだ塹壕の中からかくれて射撃する。音はすれども姿はみえずという奴なんだ。目標も見えないのに射つのは損だというのが僕たちの信条だ――僕たちはこうした弾丸の雨の中を攻撃し、移動する。その日もこんな弾丸の雨の中を交代のため移動した。月もない暗闇だった。部隊と部隊がすれちがう――

「木村はいるか、木村、木村」

「おーい、一宇村の小椋、一宇の小椋はいないか」

お互いに声をかけあって知人を、友人を、兄弟をさがし合うのだ。それも、それぞれ反対の方向への行進のすれちがいの時だ。暗闇の中で手を握りあうのがせいぜいだ。僕は、僕の知っている炭田眷之助《すみたけんのすけ》伍長をたずねた。

「おッ、松村ァ」

手と手を握りあった、部隊が違っていれば戦場で会うことは実にまれだ――うれしかった。ぐっと一切の感情のかたまりがこみ上げてくる。炭田伍長の、ほのかに白い歯が見える。鉄兜《てつかぶと》が夜露に、わずかに光る。

「気をつけてやってくれろよ」

「身体を大切に」

「中野正二も来ているぜ」

「寺奥久男は元気だよ」

「さよなら」

「元気で」

何といっていいのか、涙が、ぐッぐッとこみ上げてくる。人と人とのめぐり合いが、こんなに強烈な感情を吐き出させるものか知らなかった。雨が上がったが道はわるい。ひどいぬかるみだ。ずるずるとすべる。足首までずぶりと入ってしまう。難行軍に汗びっしょりの身体をかけ廻《めぐ》るのは、知人と会うことのあまりにも強い喜びだった。戦場ではこんなことも、うれし涙のこぼれるほどの「めぐり合い」だ。

めぐり合うこと（つづき）

僕たちの戦線には冬服組と夏服組がいる。もちろん夏服組が戦場での先輩なんだ。僕たちのグループにこの夏服組が二人いた。十一月十日だ。これは僕が負傷した日だからよく覚えている。午後四時ごろ配備について、約一時間半後に前進を開始した、敵は昼間わずか二十人ばかりで逆襲して来たほど、小面憎《こづらにく》い頑強な奴らだった。綿畑と麦畑の中をがむしゃらに前進した。何しろ物凄い弾丸だ。綿の木をゆすぶり、眼の前の土にプスプスと落ちる。河野熊一一等兵はマラリヤにかかっている。それでも元気に攻撃に参加したのだ。河野一等兵の組《エキパージュ》が真野《まの》一等兵だ。この二人が僕たちのグループの夏服組だ。敵の拠点の竹藪に突撃しようとするとき、僕は敵の手榴弾の破片を右眼の下に受けた。やがて敵は哀れなラッパを吹いて退却した。僕は仮包帯をしてクリークの横にいた。このときだった。

「河野ォ、河野熊一はおらんかァ」

夕闇の中に流れるあの声は真野一等兵の声だ。河野がいない、河野がいないと狂気のように叫んでいる。僕も傷の痛みをこらえて河野一等兵をさがして叫んだ。

真野は、徳島県巡査教習所にいるうちに応召した巡査の卵だ。攻撃開始のときからマラリヤを押して前進する河野一等兵を案じていた。前進するのも一緒で、一躍進して綿畑に伏せて、お互いに顔見合わせて無言で笑っていたのを僕は知っている。河野はどうしたろう——、やがて

「アッ、いた、いた、いた」

もう戦線は暗い。勝ちいくさだ、お互いの無事を祝う声にまじって真野一等兵の声だった。ああ、お互いに手を握っている。戦線はくらい。ほのかな月あかりに、このたった一時間後の「めぐり合い」に泣いている二人の姿を、僕は左の眼でみた。血の流れこんで痛む右の眼も、

左の眼といっしょに涙がこぼれ出した。戦線の友情はあまりに美しすぎる。美しくて高い。

戦死する兵士

僕はこの話をきいて、まるでシラノ・ド・ベルジュラックでも吐きそうな科白《せりふ》だと思ったことだった。惜しいことには、戦闘の日も場所も姓名も聞き洩らしてしまったが……。夕ぐれでクリークの柳の木も、ぶなの木も乳色にけぶって、平和な顔つきの山羊がメエメエと鳴いていた。ときどき友軍の○砲、○砲の音がピューンと僕たちの頭の上を越えて飛んでゆく。語るのは、河野熊一一等兵だ。

——そこで、僕がかけよって

「おい、しっかりしろ、しっかりしろ」

と血に染まった身体をゆすぶった。ずいぶんの重傷で僕の眼にはもう駄目だと見えた。「水をくれ」と、かぼそい声でいう。水をのませると出血がひどくなって駄目だから、僕はいけないといった。「水はがまんしろ。傷は浅いぞ、少しの辛抱だからな。戦友、傷は浅い、辛抱しろ」こういったとき、その兵士は消え入るような声で、顔に微笑すら浮かべていうんだ。「傷は浅いって？　嘘をつけ」そしてがっくりとなったよ——

十一月九日、僕たちは戦車と工兵と協力して敵陣地に迫った。敵はさんざんの目にあって退却した。敵の壕に飛び込んだ一人に、僕は、僕と同じ隊の徳田初太郎《はったろう》一等兵（海部郡《かいふ》牟岐《むぎ》町出身）を見た。おとなしい無口な、そしていつもニコニコして真面目《まじめ》な男だった。この日の前日、友軍の飛行機は和知《わち》部隊前面の敵に猛烈な空爆を敢行した。僕たちのいたところから手に取るように見える物凄い爆音と投下後の震動と音響。落ちてゆく爆弾が一、二、三、四ツと眼にみえる。僕はこの場面をカメラに収めたかったので、危険を冒して民家の前へ出た。徳田一等兵がついて来た、彼は相変わらずニコニコして「凄いねえ」という僕のことばに、やはり微笑で答えた。僕がカメラを向けようとする瞬間だった、迫撃砲の砲弾が僕と徳田の前一メートル半くらいのところへ落ちた。幸い不発弾だった。もし不発でなかったら、僕と徳田の身体は原子に分解していたろう。

「うわァ、おどろいた」

と僕は徳田の方を見た。徳田はやはりニコニコと笑っていた。鼻の横に黒い鍋炭《なべずみ》をつけて——徳田はこんな風なところもある男だった。徳田の後を追って僕が壕に飛びこんだとき、彼は占挫した敵の壕の中で、手を額にあててしゃがんでいた。「おい、どうした」僕が声をかけたとき、彼はたしかに動いた。血だ。彼は特徴のある微笑の表情で永遠に眠っているのだった。頭部を貫通している。僕は進まなければならぬ。

「徳田、壕の中は狭いから御免《ごめん》よ」

僕は手を合わせ、徳田の屍をまたいで戦車の方へ走り出した。日はくれかかって太陽は赤い。すずめ色に煙って竹藪の方に支那兵はなだれを打って逃げてゆく。僕は約二百メートル走って堆土によりそって、煙草に火をつけ射撃をはじめた。枯れかかった草が冷たい。徳田の微笑している顔がぽっかりと僕の眼の前にうかぶ。日が暮れて、クリークの水で下半身ぬれた兵士たちに、塹壕の一夜がやって来る。

花を抱いて

包帯で右眼をふさぎ、グウ、グウ、グウと傷はこたえる。上弦の月あかりに足をやられた現役の橘《たちばな》一等兵（板野郡住吉村出身）と仮包帯所を求めて後退する。第一線では逆襲があったのだろう。物凄い弾丸の嵐だ。ピュウ、ピュウ、ピュウと気味悪い小銃の音が身辺をやたらにかすめる。

あちこちと夜の戦場を迷って、ようやく包帯所にたどりつく。僕は連続の戦闘に疲れていた。傷の痛みも忘れてぐっすりと眠った。しかし夜半、僕の横でうなる声と軍医の声をうつつで聞いた。竹藪や林で、名も知らぬ小鳥の声がする。淡い朝の光、畑も民家もしっとりと夜露にぬれ、窪みには霜が白い。朝のけむりが静かに流れ、昨夜の銃声はハタと止んで、平和の色濃い戦場の朝が来たのだ。敵はおそらく遠く退却したのにちがいない。あの可愛い小鳥の声――ふと僕は、夢の中で聞いたようなうめき声、はらわたをしぼるような声を思い出した。起き上がって僕の横を見ると、一人の兵士が胸に花を抱いて眠っている。ああ、死んでいるのだ。苦しみ通したのだろうが、何という平和な様相だろう。大腿部をやられていたらしい。この家の屋根に大きい穴がある。一昨夜、迫撃砲のお見舞いをうけた名残《なごり》だという。おそらく、花を抱いて永遠に眠る兵士の魂は、この迫撃砲の弾痕から静かに昇天したのであろう。クリークの水で沸かす茶の煙も、静かにこの穴から大空に消えてゆくじゃないか。

小輩来来

キャラメルをやると、いらないという。そして、ジッと銃につけた日の丸の旗を見ている。

日の丸の旗が欲しいのだ。くれてやると、喜びの表情を顔いっぱいに漲《みなぎ》らせて腕にまきつける。そして手籠を持って野菜畑の方に消えてゆく。やがて、籠いっぱいの野菜を日本の兵士たちにさし出す。飯盒に水をくんでくる。兵士の食事の用意をニコニコと眺めている。第二線で逃げおくれた支那の少年である。

橘川《きつかわ》豊一一等兵（那賀《なか》郡富岡町出身）は、まったく色が黒い。僕たちはよく「裏表もわからないじゃないか」と、ひやかしたものだ。彼は毒舌家だった。子供嫌いだった。しかし働き手だった。食事のときなど支那鍋を見つけ出して来て、ほうれん草、葱、じゃが芋など野菜類をどこからか運んで来る。まるでルマルクの「西部戦線異状なし」に出てくるカチンスキイみたいな男だった。この彼に支那の少年がなついて離れなかったのだから愉快なんだ。あれは十一月六日のことだ。部隊が移動して西浜宅《せいひんたく》へやって来た。例によってクリークと竹藪と、払っても追っても集まる蠅があった。ここの竹藪で僕たちは飯盒炊爨《すいさん》して昼食をとった。おのおの兵士たちはクリークへ飯盒を洗いに行った。ところが橘川豊一の飯盒は、この部落に住む支那の少年二人がやってきてサーヴィスを試みたものだ。大柄の方の少年が急に泣き出した。橘川一等兵が竹藪から飛び出して

「おい、どうしたんだい。泣くな、泣くな」

と慰めたのだ。どうやら少年は、誤って彼の箸をクリークの中へ落とし込んだものらしい。小柄の方の少年が橘川一等兵にむかって何か盛んに説明を試みているのだが、もちろん言葉が通じない。サッパリとした、荒っぽい神経を持つ彼が一生懸命、支那少年の泣くのを止めさせようと骨を折っているのは珍だった。彼は

「箸なんかどうでもいいんだよ。怒りやしない、心配するな」

と述べ立てる。それでも少年は泣き止まない、彼はキャラメルやら麺麭《パン》で御機嫌をとり出した。これでどうやら少年は泣き止んで、彼の両手にすがってはしゃぎ出した。この場面を僕はカメラに収めようとしたところ、カメラにびっくりした少年がまた泣き出した。のんきで気だてのよい、そして子供嫌いの和製カチンスキイは

「おい、おい、僕をあんまり困らせてくれるなよ」

と、ぼやくのだった。

「小輩来来《しょうはいらいらい》」

ひとつ覚えの支那語に、橘川一等兵のゆくところ、この二少年がつきまとった。

「どうも餓鬼に好かれて、弱ったよ」

それでも二少年は彼のためによく働くのだった——この和製カチンスキイも十日に負傷した。

「おい、しっかりしろよ」

担架の上に寝ている彼に声をかけると
「俺はな、色が黒いから、出血しても蒼くなんかなってないだろう」

と小さい声でつぶやくようにいって、かすかに笑った——あの男は決して負傷しない。あの男は決して戦死しない——僕はそう信じていた。あんな愉快な元気な男がやられるなんてことはないのだと。しかし十二日、彼は死んだ。僕は野戦病院で、そんな噂をきいた。

上海戦線の土

上海戦線は雨だ。前線部隊はもう随分進んでいるという噂だ。第一線の将兵は、さぞ苦労していることだろう。クリークを渡り雨にぬれた後、夜半の身に食い入るような寒さ。手も足も腐って飛んでしまいはせぬかと思われるくらい、体は寒さに止めどもなくふるえ、歯はガチガチとしてぬかるみの中に立つ。迫撃砲の洗礼を避けるために火も焚けない。塹壕には水がたまる。

軍靴でねり上げた上海戦線の土。文字通り膝を没し、細い畔道はすべる。すべればクリークだ。僕の「土」の記憶からおそらく拭い去ることの出来ないのは、上海戦線の土の味だろう。この苦難の土の味とともに忘れ得ない土――僕の親しかった青年将校たちの眠る土でもある。このぬかるむ土の悲しみを持つ土を。さっきまでともに笑った戦友の化した土、黒いこの支那の土。

雨は樹々の病葉《わくらば》を静かにおとす。ここでは砲弾の音も小銃の音もきこえない。お国言葉の交錯のほかは何の音もしない。いまは夜なんだ――僕は一つの手紙を取り出そう。そしてそれを読んでみよう。何回も何回もくり返して、いまでは殆ど暗記している手紙ではあるけれども……

輝かしい今日のかどでを心から祝福申し上げます。勝って無事にお帰り下さいませ。今の私の願いはただそれだけでございます。〇〇出動の由《よし》承りましてお宅の方に電話致しましたら、今日おたちになるとのことでございましたので早速、夫の霊前に松村さん御出征を報告致しました。たびたび御親切なお便りや、わざわざおたずねいただきました事と、ただただ深い感謝の念以外にございません。生涯を通じて御心《みこころ》のほど決して忘れは致しませぬ。今は地下に眠る夫のたましいも、きっときっと貴方様の厚いお心に感泣《かんきゅう》していることでございましょう。今後何十年私の上に相当な苦難の日の続くことでございましょうが、子供を立派に育てあげ、いつの日か地下に今日のこの思いをきいていただく日を唯一の慰めとして、生きて行く決心でございます。父の愛を知らぬ夫は、しみじみ身の不幸を嘆いていた時もありましたが、クミもまた父の慈愛に抱かれる日があまりに短かすぎました。皇国に捧げた命ゆえ、かねて覚悟の事ながら、戦いの終局をも見さだめず、あまりに早く戦死致しましたことは、夫にとりましても、さぞや無念であったと存じます。貴方様御出征の上は、どうか十分に御気をおつけなさいまして、皇国のため御働き下さいますよう、夫の恨みをもおはらし下さいますように、お願い申し上げます……

僕の親しかった新階基中尉夫人からの手紙だ。ひとなつッこい新階中尉の笑顔も、この上海の土の中に眠る。こうして上海の土に立って荒涼と戦いの庭に化した風景を眺め、雨の音をきいて、僕の胸はしめつけられるように感情の波がうねる。何の言葉もない、何の文章もない。戦いのかげに僕の文章は、あまりにもまずい。眼にあるものは土だ。溌溂とした現役の将校、新階基中尉、寺井公中尉、市村清太郎少尉。かつて僕とともに語り、僕とともに笑ったあのたのしさは、いまは空しいものになったのだろうか。戦線のこの土が、あのたのしさを恨みなく奪ったのだろうか。僕はとかく涙ぐむ。

浄瑠璃どころ

僕たちの病院は幸い軽傷者ばかりだった。「言葉がゴッイけん悪う思わんでな。言葉さゴッウでも、そぎゃァないじゃないけにな」衛生兵はそういう。戦線の疲れも、二、三日と眠れば、あとは傷の痛みだけ。砲の音も遠い。生きているというよろこびが胸いっぱいに流れて——さあよくなったらみんな元気で戦線へ帰ろうぜとお互いに語りあう。夜は支那の飛行機がやってくる。まっくらだ。このまっくらの中で寝ながら話がはずむ。話はきまって故郷の話だ。

「俺はこれで浄瑠璃《じょうるり》をやったもんだよ」

名西《みょうざい》郡入田村《にゅうたそん》元収入役という肩書を持つ河野道雄伍長が、この夜は話の口を切った。

「私もやりましたよ」

現役の橘一等兵がいう。

「おやまァ君みたいに若いのが」

ひとしきり笑う。ほかに十一人の同室者中、四、五名が、僕の得意は「朝顔」、俺のおはこは「陣屋」、おらは「阿波鳴《あわなる》」を半分ばかり仕上げましたよ——

「うちのおやじが義太夫《ぎだゆう》好《ず》きでしてねえ」

と一人がいう。

「凱旋記念に村で人形浄瑠璃大会をやると意気込んでいると、私が出征する時いってましたよ」

「それじゃその時は是非《ぜひ》、俺を招《よ》んでくれろよ。もっとも生きていたならね」

「うちの村は、糸、語り、人形と、立派な一座が出来るくらいの義太夫村よ。戦勝記念の大会には一座を買って欲しいね。旅費弁当持ちで出かけるよ」

生きていたらね、もし凱旋出来たらな、会話の後にこの言葉が必ずつづく。野戦病院ならばこその故郷の話だ。上海の戦線にあっても◯◯は浄瑠璃どころ。僕は闇の中に阿波浄瑠璃人形の顔を思いうかべて、支那の炸裂弾の音は糸の音に似ていると思う。

戦線の土、故国の土

戦線と故国を結ぶもの
ペンも栄光に輝け
戦線美味求真
失礼なる風景
支那兵はのんきなのか
日本兵士のこわいもの
命がけのユーモア
残虐精神病者
手柄立てずに死なれよか
兵士のさまざま
うれし泣きの敵
戦線で祝う佳節
病院生活の話
故国の土に立つ

戦線と故国を結ぶもの

ニュース・カメラマンの十六ミリのレンズが光って僕たちを凝視している。「十五分間休憩」という逓伝が飛んで来た。ふと見上げた二階の窓に「大毎《たいまい》、東日《とうにち》」の旗がある。その窓から僕たちをのぞいている人は、上海支局長の田知花信量《たちばなしんりょう》氏だった。僕は、どうかして上海支局へ立ち寄りたかった。しかし戦線に向かう一兵士だ、半分以上あきらめて、戦線で社の特派員に逢えるだろうと慰めていた。だから、上陸して前線へ向かう途中、本社の上海支局の前で休憩しようとは、夢にも思わぬことだった。

「支局も戦争ですよ」

と田知花氏はいった。ベッドと書架とテーブルとソファで小さい部屋はいっぱいだ。取りちらされた原稿、廊下一つ距《へだ》てた大きい部屋は、まったく戦場だった。眼のまわるような忙しさだ。戦線と故国と、さらに、世界と結ぶ巨大な力＝ニュースの本拠だ。これを見て、何という尊い仕事だろうと思った。僕もその尊い仕事の一員であるを自覚したとき、銃剣とともに高く輝くペンを見た。故国に、世界に投げられた力強い鋼鉄のロープ、インクの香りも新しい新聞紙をひろげて眼をつらぬくニュースは、「生命の危機」に曝《さら》されて送られた――戦士の墓標に捧げる黙祷にひとしい感謝の念をもって、一つ一つのニュースに読者は感激しないだろうか。

ペンも栄光に輝け

僕は、西川本社徳島支局長から贈られた社旗でキリリと鉢巻《はちまき》をした。激戦の後を物語る「十月二十七日佐野部隊占領」の立札を見、頑強なる敵の掩蓋機関銃座を見、家の地下をくりぬいてつくられた敵の見事な交通壕を見、コンクリートの塀が一枚あるだけでガラス一枚壊れていないイギリスの建物の並ぶ街と、めちゃめちゃに叩きつけられた支那側陣地のある支那街が截然と〔はっきりと〕区切られているのに、僕は、わが荒鷲《あらわし》隊の空爆の見事な技術の跡を見た。たちこめる敵の屍臭。やがて道は悪くなる。砲車、戦車、大行李の轍にこね上げられ、弾痕に歪んだ上海街道に出る僕たちは「勝って来るぞ」という緊張といっしょに行軍をたのしんでいる。強行軍も前線めざして行くゆえにたのしい。手柄をたてるわが身への期待が、胸いっぱいにひろがっているのだ。軍用トラックが疾走する。カーキー色の自動車が走る。おや、自動車に大毎社旗が飜《ひるがえ》っている。前線から無敵皇軍の痛快なニュースを土産に、帰りを急ぐ社の自動車だ。ニュースは速度だ。僕の社旗と自動車の社旗。誰かしらと思う間もない。

「大毎、元気で！」

「ご苦労さん！」

敵を眼の前にして悠々レンズを光らせる写真班。皇軍とともに、歩兵第一線の僕たちとともに進撃する特派員。従軍記者。兵士の口からついて出るのは
「新聞記者もえらいなあ」

という言葉だ。そしてつづいて出る言葉は
「大毎の人はよくもまあ」

危険も平気でと、あとの言葉がつづかないのだ。上海の兵站病院に寸暇を割いて僕を見舞ってくれた渡辺本社特派員が
「無錫《むしやく》で同業者がまた二人やられましたよ」

といった。銃後の国民と戦う兵士をガッチリと結びつける、高速度連絡機ともいうべき新聞。そのために戦線に散る非武装の勇士。渡辺氏の、話しながら光る眼に力強い日本がある。任務こそ違え、同じ戦地に戦う者同士に相《あい》触れ合う魂がある。

「これから○○部隊の総攻撃があるんで出かけるんですよ」

気軽く四人の本社特派員は弾丸をくぐって行った。敵は眼の前に殺人機械を据えているのである。僕は僕の撮影したフィルムを託して、この四人のうしろ姿に合掌したい気持ちだった。

戦線美味求真《びみきゅうしん》

戦線の兵士から味噌を奪ってしまったら、まことに悲惨なものだ。外国のある観戦武官は、日本の兵士は味噌汁を食うから強いのだといったという。妙な論理だけれど、僕たち兵士には、あながち奇矯の論と抹殺出来ぬのである。戦いすんで湯気の立つクリークの水の味噌汁の一ぱいは、何かしら腹の底からむくむくと力が湧き出して来る魔術の料理だ。味噌は醤油とちがって携帯に便利だ。時間のないときは、それ自体がうまい副食だ。玉ねぎ、ジャガイモ、ねぎ、にら、唐辛子、キャベツ、サツマイモ、大ていの場合、僕たちは野菜の手に入らぬことはない。まことに手軽に、新鮮な野菜が手に入るのである。僕たち兵士の生命同様に手軽に——葱一本とるのに生命がかかっているのである。

歩哨とか、斥候とかそんな任務につかないとき、僕たちは大ていの場合、主のない支那民家を拝借する。第一の僕たちの仕事は飯だ。浅い支那鍋をみつけ出すと、さっそく命がけの野菜採集が開始される。兵士たちは大てい鰹節を持っている。しゃれた奴は味の素を持っている。

「チャンをきのう二、三人突いたけど、いいだろう、ねえ」

銃剣が包丁だ。火が燃える。野菜がたたきこまれる。おい味噌だ、鰹節だ。そして僕たちの力の素が出来上がるのである。

「おーい、鯛が来たぞォ！」

第一線へ、あかい生の鯛が送られてくる。鯛の塩焼が出来上がる。鯛の雑炊が出来上がる。戦線で生の鯛を食べようとは思いもよらぬことだった。

「さあ、鯛を食った。明日の戦闘は頑張ろうぜ」

第一線に鯛が送られると、翌日は大てい攻撃前進なのである。壕の中で敵と対峙して数日をすごすことがある。星あかりに乾パンを噛じる。乾パンの袋の中に金平糖が入っている。かりッと噛むと、甘さが口いっぱいにひろがって来る。そのうまさ——

壕からそっと這って出る。たかきび、唐きびをぼきんと折って壕の中へ。チュウチュウと口の中に流れ込むうまさ。

「山羊をひとつ料《りよう》って〔料理して〕みようか」

「可哀そうだから止せ」

それでも、僕たちはある日、白いメエメエと啼く山羊を食った。味噌の汁の中で、やわらかかったが臭かった。

戦線でうまいのは、明日の攻撃前進を約束するような鯛の白い身である。

失礼なる風景

——荒涼たる平原の戦場、焼けた樹々の枝に腰をかけている。糞を排泄しているのである。ルマルクの「西部戦線」にこんな風景の描写があった。失礼な風景だが、これはやむにやまれぬ人間の問題である。悪い、お話にならぬような江南の水に僕たちはみんな腹をこわした。ひどい奴になると一日三十回くらい排泄作用を行うのだ。弾丸は猛烈だ。樹の枝に腰をかけてドイツの兵士みたいにいとなんでいると、一発で仕止められてしまう。民家のかげか壕の中に穴を掘って、そしてそれを上から埋めるよりほかない。(御承知でもあろうが、支那民家には便所はない)

朝、家かげにずらりとそれが並んでいるのを見る。失礼な風景といわんより、まことに見事な放列である。大空はあくまで澄んで晴れわたり、友軍の砲兵陣地の猛攻に描く弾道。江南の大平原を圧する友軍の○○機の編隊。こんな雄渾《ゆうこん》な〔力強く雄大な〕風景の中にしゃがんでいとなむ爽快味は、忘れることの出来ない戦線の感触であった。

ところが不思議なのは支那兵だ。彼らの陣地を占領してどこをさがしても、彼らの糞を発見することが出来ないのである。どこへどうするんだろう。支那兵の不思議の一つである。

支那兵はのんきなのか

なにしろ大陸の住人だ。僕は近代化され強化された支那兵を想像していた。僕の想像はあやまってはいなかった。かれらは強かった。頑強だった。勇敢であった。しかし何しろ大陸の住人だ。世界の人口の五分の一を占める老大国の閑雅《かんが》な〔優雅な〕風貌を持っている。僕は嘘だろうと思っていた。しかし本当だった。敵の陣地を攻略して至るところに見るのは、から傘だった。雨が降ったら彼らは、から傘をさして精巧なチェッコを射つのである。

壕の中に麻雀の牌がころがっている。花札《はなふだ》がちらかっている。彼らは弾丸を放ちながら勝負をあらそうのだろう。支那人は穴を掘るのがうまいという。なるほど彼らの壕は、実に手のこんだ見事なものだ。壕の横ッ腹に一坪ばかりの地下室を設けて、布団《ふとん》を敷いて、美しい女性のポスターを掲げて、魔法瓶には老酒《ラオチユウ》が入っている。これも僕は嘘だと思っていた。射った弾丸の数に対して手数料があるということを。しかしこれはどうやらほんとうのことらしい。彼らの壕には、あれだけ物凄く射つのに薬莢ひとつとして落ちていない。生命からがら退却するのに薬莢を一つ一つ拾って退却するのだろう。彼らにとっては戦争も勘定を伴うビジネスなのかも知れないけれど、この半面に、僕は彼らの金銭ゆえののんきさを見るのである。

足も手も針金で機関銃の操作の出来るように縛り上げた、若い支那兵の死体が壕の中にころがっていた。彼も連日の防御戦に疲れたのか、痩せていた。しかし髯はなかった。それほどに若い兵士だった。

「可哀そうに、ひどいことをしやがるなあ」

兵士たちは敵のなきがらのあまりの無残さに、自分の知人がやられたかのように憤《いきどお》るのである。ポケットから、この若い兵士も共に撮《うつ》した家族の写真が出て来た。

「可哀そうだなあ」

支那のこの若い兵士は、僕たちの手で葬られた。哀れな敵の魂は、どう感じたことだろうか

——僕はこれほど残虐なのんきさがあろうかと、チャルメラを吹いて逃げて行った敵の方を眺めて立ちつくした。夕ぐれの色が濃くなって、戦線はしずかに、すずめ色に煙ってゆく。

日本兵士のこわいもの

あれだけの十字火を浴びて、銃火に死なぬというのは、まったく不思議というよりほかはない。そしてまたその弾丸に当たるというのも不思議なことだ。そこで僕たち兵士はいう。「当たるも不思議、当たらぬも不思議」と、まったくこんな気持ちなのである。だから砲弾も小銃弾も、僕たちにはちっともこわくない――当たるも不思議だが、当たって死ぬのは当然なのだ。皇軍に捧げた生命ゆえに、誇らかに死ぬるのだ。

しかし、僕たちにとっては、こわいものが一つある、コレラ菌だ。生命は惜しまないけれど、コレラの菌でやられたくはない。同じ戦線の土と化するなら、敵の砲火に昇天したいのだ。だから僕たちにとっては、コレラ菌が何よりもこわい。

戦線で、ときに手当てのかなわぬときはある。やむを得ないことだ。

「おれを戦線に立ててくれ、コレラでは死にたくない」

弾丸に当たって死にたいのだ。一日で、元気だった戦友が痩せおとろえて叫ぶ姿を見る僕たちの心は、どんなに暗いか！

前進命令が下って、準備する僕たちを力ない眼で追って
「おれを後方にさげてくれなくていい。兵力はひとりでも必要なんだ。足手まといになりたくない。おれを殺してくれ」
という。
返事はない。みんな黙っている。返事が出来ないのだ。
コレラにやられたと自覚して、戦友に迷惑をかけたくないと、おのれの銃を——万一を慮《おもんぱか》って
せっかく戦友がかくしてある自分の銃を、高熱にあえぐ身でたずねて、銃口を口にくわえて引き金をひいた兵士もあった。不幸な戦友、みずから弾丸に当たって死んだ戦友の屍をおがんで、兵士たちは啜《すす》りなく。見事な戦死に劣らぬ、烈々たる日本魂《やまとだましい》の激しさに泣くのだ——「おれが後方に退くためには、戦闘員が二人、おれのために担架をかついでさがらねばならぬ。申しわけない」こんな心で死を選ぶのだ。何という崇高な自殺！
「生水はのむなよ」
といい
「身体に気をつけろ」
「病気になるなよ」

という戦友の注意は戦線なればこそ、深い尊い味がある。泣きたくなるほど胸にひびいて来る言葉だ。病に倒れ、戦線の土と化したわが戦友の無念さは、はかり知れない苦悶をさえ伴って僕の胸を、僕の感情をゆすぶる。遺骨を抱いて
「無念だったろうなあ。つらかったろうなあ」
とつぶやけば、涙がどうしてもせきあえず、むせび泣く。

生命がけのユーモア

歩哨に立っていて、前方に動くものがある。さっと緊張の色が流れる。

「誰か?」

と銃剣がキラリと夜の闇にも光る。

「友軍」

「部隊は?」

「三十八中隊」

勇敢な支那の斥候がやって来たのだが、おそらく口ぐせになっていたのだろう。三十八中隊

で暴露して昇天してしまう〔著者が所属する歩兵第四十三連隊には、十二中隊までしかなかった〕。語学的に天才の支那兵は、たくみに日本語でごま化そうとする。彼らもやはり、もっとも支那軍の一部だろうが、歩哨に立てば「誰か？」「友軍」の日本語を使用している。糧秣を取りに行っていた兵士が暗闇で戦友にはぐれてしまい、支那陣地へ迷い込み、「誰か？」という支那兵歩哨の誰何に「友軍、友軍」で三日間さまよって、一つしかない生命といっしょに敵の配置をおみやげに生還した初年兵もある。

「あァ、やれやれ、こんなおかしいことは生まれてはじめてだ」

と斥候に出て帰って来た石田政太郎《まさたろう》伍長と山下憲一《けんいち》、多田年一両一等兵の三人が、腹をかかえて笑った。山下、多田と山根賢助上等兵は、僕たちグループの中のユーモア三勇士だ。生命と生命のせり合いの戦線で、微笑、哄笑《こうしょう》〔大笑い〕、苦笑をまきちらす。

「おかしいことも生まれてはじめてだったけど、気味の悪かったことも生まれてはじめてでしたぜ」

と多田一等兵は石田伍長の言葉を訂正する。

「冷汗がこれだけ出たことも、生まれてはじめてでげす」

山下一等兵が落語家口調でつけ加え、大仰な身ぶりで冷汗を拭く。ここで僕たちはどっと笑う。

「クリークにそって五百も行ったかしら、知らぬ間に敵の歩哨線を突破しているんだ。われわれの方にむかって半円形にチャンの壕があって、その中で何か話し声がするんだ」

「止せばいいのに」

と山下一等兵が巧みな話術で石田伍長のあとをつづける。

「石田の旦那が這って行って壕の中をのぞき込みました。誰かとチャンが言いました。私の腹の皮がピクリとしました。石田の旦那は、友軍、友軍といいました。するとチャンの奴、支那語で石田の旦那にペチャクチャしゃべり出しました」

「ああ、あの瞬間、天にましますわれらの神よ、さよならと神に暇乞《いとまご》いしたね。あの瞬間の長さ」

とこれは多田一等兵だ。

「もう生命はあきらめた、それでおれはいってやった。ワタシ、チャンコロ、コトバ、ポコペン、ポコペン、アリマス」

「それからは夢中よ。弾丸の音も、手榴弾の破裂も夢うつつ。こうして帰ってみれば、手もある足もある」

山下一等兵はそういってまた冷汗を拭いた。しかし、おかげで僕たちは、前進を有利に開始することが出来たのだ。

残虐精神病者

戦線で僕は、僕の一生に体験し得ないだろうと思われる困苦に打ち克《か》って来た。それと同時に、僕の記憶から一生消えることのないようなことを印象して来た。語りつくせぬことがらである。が、僕の眼にやきついている残虐の場面は記しておかなければならない。具体的には描写することは許されないだろう。簡単に書こう。なお、つけ加えておきたいのは、浅薄なヒューマニズムにとかく躍りがちなアメリカ人に、僕の一兵卒としての言葉だ。

　「われわれは常に第一線にあって進撃した。そして残虐の場面を見た。支那兵は、われとわが同胞をたたきのめすのです」

僕たちは敵を撃退せしめた。彼らの部隊の宿舎になっていた民家を掃蕩したとき、家の中に支那の婦人が裸体にされて、手足を縛られて死んでいた。婦人は臨月だった。彼女の肉体には残虐のかぎりがつくされていた。彼らはどうして自分のきょうだいを虐殺しなければならないのか。僕たちには解くことの出来ない謎である。

家の中は、掠奪の嵐に足の踏み場もない。

支那の農民が殺されている。素《す》はだかにひきむかれて無造作にころがっている。敗残兵が着物をはいで、農民に変装して逃亡するのだ。

小さい可愛い子供が殺されている。母親が支那兵の悪魔のような手に捕らえられ、はずかしめをうけているのに、泣いて抵抗したゆえなのであろう。

「おれたちの子供がこんな目にあわされたら……」

動じない、おそれないわれわれも、慄然《りつぜん》とするのである。

或る部落に盲目の老婆がひとり、猫とともに生き残っていた。満洲の独立守備隊出身の兵士が語るのである。

「よくわからないけれど、娘は支那兵につれてゆかれ、息子は前線に狩り出された。財産は彼らに掠奪された。田畑は荒らされ、とり入れも出来ない。戦争で残されたのは猫の子一匹だ。というのだ」

お婆さん、おあがりと飯をわけてやる。キャラメルを与える。これは日本兵のほんとうの姿なんだ――これは広大なわが戦線の一例にすぎない。この一つの例の背後には、こんな事実が数限りなく存在することだろう。

うす陽さす民家の日だまりに、言葉をこえてたわむれている兵士と支那の子供たち。支那の子供たちは銃声になれている。自分を捨てて逃げた父や母のことを忘れて、無心に日本兵とあそんでいる。髯面に笑う日本兵士の顔に、なみだのあとがある。

「おれの息子も、ちょうどこれくらいなんだ」

前進命令が下る。

「来てはいけないといってくれよ」

兵士が支那語の話せる戦友にたのんでいる。しかし支那の子供は、日本の兵士の手を握ってついてくる。たのしそうにニコニコ笑ってついてくる。

「危ないから来ちゃァいけない」

夕陽に支那の子供のかついだ日の丸が赤い。僕は戦線人情図に胸がせまる。

手柄立てずに死なれよか

僕は戦線で紙切れをひろった。雑誌の一ページである。なんの気なしに読んだ。菊池寛氏の文章であった——日本の現代の兵士は強い。近代的戦争がそうさせたことも一因であろうけれども、昔の豪勇無双の英雄の行動は、現代の日本兵の誰もがやっていることだ——そんな意味の文章だった。

敵の塹壕の中でヤア、ヤアというかけ声がする。初年兵が、兵営で教えられた銃剣術の基本の型で、五人、六人と刺し殺しているのである。真剣勝負で人を五人斬るのは、むつかしいという。高田の馬場〔の決闘。十八人斬り〕も、伊賀越《ごえ》の仇討《あだうち》〔三十六人斬り〕も、講釈師の大風呂敷〔誇張〕だという。本当だろう。しかしわが兵士は、無造作に敵をやっつけてしまう。クリークを前に敵は頑固な機関銃座を築いて、銃眼から火を噴く。一人の兵士がこの中を泳ぎわたって悠々と、火を噴く機関銃座の銃眼から手榴弾を無造作に投げ込んでゆく。一つやっつければまた別の奴を。これが人間業《わざ》だろうか。

兵士のさまざま

僕たちの仲間は、大てい日記をつけている。そしてちゃんと遺書を手帖に書いている。その兵士は貧しい家の主人だったのだろう。戦死して出て来た手帖に
——お前に晴着の一枚も買ってやれなかったわしを恨んでくれるな。おもちゃひとつ買ってやれなかった父を、子供よ、笑ってくれるな。戦場でわしはいつもお前たちのことを思い、

心の中で詫《わ》びている。妻よ、子よ、許してくれ。わしは生きて帰ろう。わしはもう一度、お前たちの顔をみたい、しっかり稼いで晴着の一枚も、おもちゃのひとつも買ってやりたいと思っていた。しかし戦線で敵弾に倒れることは、日本男子の本懐だ。わしはよろこんで天子様に命を捧げるために戦場へやって来たのだ。生きて帰ろう、お前たちに着物とおもちゃを買ってやろうと考えたことは恥ずかしい。ただわしは、ふがいなかったことをお前たちにわびる。

妻よ、子よ、許してくれ……

と書いてあった。これを読んでゆく○隊長の眼もくもれば、戦友たちも泣いた。兵士たちは、僕たちは、みんな同じように皇威のもとに生命を抛《なげう》つことをよろこんでいる。しかし、みんな、それぞれの生活を持っている。ふるさとの父、母、妻、子、きょうだい、恋人たちの綴りなす心理の世界は、それぞれに異なっている。複雑な糸が交錯している。そして、同じようにひとつのたのしみを分け合い、悲しみもともにかなしむ。戦線は単色の万華鏡だ。

「お父さん、どうか名誉の戦死を遂げて下さい。こんな手紙を娘が書いて来たよ。五ツになるんだが利口な子供でね」

死ねという子供をほめる親心も、戦線なればこそ。いかにさまざまの生活を持つ兵士であろうとも、「忠君愛国」の精神に万華鏡の糸は集まっているのである。

うれし泣きの敵

敵の負傷兵が民家で寝ていた。僕たちが入って行くと、絶望的な眼で僕たちを見た。彼は足をやられていた。僕たちは彼を殺しはしなかった。

「チャンはきっと腹がへってるだろう」

純朴なわが友、小椋清蔵一等兵がいった。そして装具を解いて背負袋から乾パンを取り出した。

「そら、お食べ」

彼はまるで息子にいうように乾パンを与えた。敵は涙をうかべて彼を見上げた。彼はウンウンと笑ってうなずいてみせた。

「なあ戦友、チャンは喜んどるぞ」

彼は僕を見て笑った。

「おい、チャンよ、水くんで来てやろうか」

彼は日本語も支那語も超越して敵に語りかける。

「水はいかんのう、戦友。チャンもコレラになると可哀そうじゃ」

そして水筒をとり出していう。

「遠慮なくお飲み」

彼はヤッコラサと敵の横に坐り込んで
「ふむ、足をやられたんか、痛いじゃろう」

と彼自身が痛そうな顔をする。そして彼は煙草を喫い出した。そして半分を僕の方に差し出した。これが最後の一本なのである。彼はうまそうに最後の煙草をたのしんでいる。ふと思い出したように、

「チャンも煙草が喫いたかろうぞなあ戦友。そら、チャンよ、残りじゃけんど喫いつけな」

敵は黙って彼を見た。眼に涙がいっぱいあふれていた。小椋清蔵一等兵は僕を見、そしてうれしそうに敵を見、神のように笑った。僕たちの戦友を殺した奴と思えば憎い。弾雨の中で僕たちは攻撃心が燃えている。しかしこうして傷ついた敵は、敵とは感じられなくなって来る。「汝《なんじ》の敵を愛せ」というキリストの作為的な教訓とはちがった自然の流れとなって、愛情が甦ってくるのである。

戦線で祝う佳節

ラジオは東京の南京陥落の祝賀行列の実況を報じた。ここでも旗行列、提灯《ちようちん》行列が行われ、南京小学生のうたう「露営の歌」がきこえてくる。このよろこびのどよめきを病室できいて、南京にある戦友を思い、戦線に鬼となった戦友を思う。よろこび、かなしみ、うれしさ——あらゆる感情がせきを切って奔流のように体中をかけめぐり、胸がいっぱいになり、熱い涙がこみ上げてくる。解釈も分析も出来ぬ、江南の地に戦った兵士ゆえの感情だ。

十一月三日！

僕たちは東部竹園で敵に対峙して明治節《せつ》の佳《よ》き日を祝った。紅白の菓子、勝栗《かちぐり》、するめ、そして飯盒の蓋に冷酒をついで、躍進日本を祝った。

銃声も砲声もひびきわたって、すさまじい戦場の明治節だった。

敵前三百米《メートル》、民家のかげに整列して、はるか皇居をふしおがんだ。いいしれぬ感慨だった。ぐうッと胸に感激のかたまりがのし上がって涙がこぼれた。飯盒の蓋の冷酒を口にふくんだときも涙がこぼれた。南京陥落祝賀のどよめきをきいて僕はあの日を思い出す。勝ちいくさなればこその感慨をもって——中華民国の慶祝日双十節《そうじゅうせつ》〔建国記念日〕の支那兵のことを思う。何という大きい距離のあることだろう。僕らはどんなに感じたことだろうか。僕らにとって戦線でむかえた双十節は、チャン・カイ・セキ〔蒋介石〕の国民政府没落の前奏曲だった。戦線でむかえた最後の双十節！

戦線で祝った僕たちの明治節！

南京陥落祝賀の爆発に、僕は感慨無量である。

戦線の土に眠る戦友よ

護国の鬼よ

君も僕も、さわぎの外にいる

病院生活の話

僕は、この手記にしめくくりをつけなければならない。僕の記憶や感想を書き綴っていたら際限がない。野戦病院に飛び込もう。そして兵站病院に送られよう。そして白衣を着て、故国の土を踏むことにしよう。かくて戦線の土と故国の土を結びつけよう。

「昨晩は、靖國神社へ行きそこねましたね。おはよう」

これが野戦病院の朝の挨拶である。

「戦友もやられたか」

包帯につつまれて敵の空をにらむ。

誰もいちばん気にするのは戦友のことだ。戦況だ。誰々は元気でいるか、友軍はどこまで進んだか、質問が軽傷者に集中される。

毎日包帯交換が行われ、軍医の診断が行われる。傷は、そしてメキメキとよくなってゆく。そして元気で戦線へ帰って行く。また新しい戦傷兵が送られてくる。そして質問の矢があちこちと軽傷者に放たれる。

戦線病院は前進する。そして患者は兵站病院に送られる。ここでは看護婦さんが働いている。看護婦さんは親身になって世話してくれる。明朗な病院だ。夜になると兵士が得意の浪花節を語り、流行歌をうたい、花やかな演芸会が開かれる。構内の陽だまりには、蓄音機が美しい音に飢えた僕たちに音楽を贈ってくれる。

酒保があって、大ていのものは買うことが出来る。容易に癒《なお》らない兵士は内地へ送られる。

「早くよくなって下さいね」

看護婦さんがしんみりという。

傷病兵をのせた赤十字のついたバスは碼頭に来る。病院船に乗る。病院船の看護婦さんも、支那海の波に酔う。支那の土をはなれる。濁った海が澄んでくる。

故国の土に立つ

転戦いく月か、幾十日か。

美しい故国の海、深い澄みきったみどりの海、ああ日本の姿が見える。山も、川も、家も、畑も、みんな日本の姿だ。行き交う船舶、夜になったら明々《あかあか》と、きっと灯《とも》る電燈。水際の家も、市街の家も、みんな完全に立っている。しっかりとした道路がつづいている。日本の姿！

露営の夢にむすんだ日本の姿！

塹壕に夢みた日本の姿！　父母の国！

病院船は静かに海峡をすべる。海峡をゆく船にみる日章旗、変化する両岸の風景、もうしばらくで故国の土が踏めるのだ。ともに眺めたい風景、なつかしい風景だというのに、僕の胸はなぜ苦しいのか。荒涼たる江南の戦線に骨を埋ずめた戦友が、万歳を叫んで倒れた戦友の最後の姿が、僕の眼にうかぶのだ。赤十字のついた白衣で帰る、わが姿に痛むのだ。

船は静かに岸壁につく。

出むかえの白いエプロンの婦人の眼に涙が宿っている。無邪気な小学生の顔にも、キリリとかんだ唇を見る。サッとならんだ水兵さんの敬礼をうける僕の心はくらい。戦線の土に眠る戦友が、まぶたにうかんでくるのだ。どうしてこの白い病衣を誇り得よう。こみ上げてくる感情のかたまり、ひとびとの眼に光る涙にこたえるように、僕の目頭も熱くなる。これが、ひとのまことにこたえる兵士のまことなのだ。静かだ。ただざわぐのは、わが奔流のようにくだける涙をせり出す感情だ。

僕たちに頭を下げてくれる銃後のひとびと――故国の土を踏んでうれしいのか、かなしいのか。よろこびともかなしみとも判別出来ぬ感情で、僕は素直に故国の土に、故国の人に泣こう。


（終）

◇著者◇
松村益二（まつむら・えきじ）

大正2（1913）年、徳島市に生まれる。

文化学院文学部卒業後、徳島日日新報社を経て、昭和11（1936）年、毎日新聞社に入社。

昭和12（1937）年、支那事変に応召され、昭和13（1938）年、応召解除。同年10月には『一等兵戦死』が春秋社から刊行され、同書は昭和13年上期の直木賞候補となる。

昭和19(1944)年、従軍記者としてビルマ戦線へ派遣、昭和21(1946)年に復員。その後は、徳島新聞社編集局長、徳島日本ポルトガル協会理事、四国放送代表取締役社長などを歴任。

昭和59（1984）年、腎不全のため逝去。享年70。

他著に、『薄暮攻撃』（春秋社・1939年）、『モラエスつれづれ：松村益二随筆選』（モラエス会・2013年）などがある。

復刻版　一等兵戦死

平成30年 8月30日　第1刷発行
平成30年10月26日　第3刷発行

著　者　松村益二
発行者　日高裕明
発　行　株式会社ハート出版

〒171-0014 東京都豊島区池袋3-9-23
TEL03-3590-6077　FAX03-3590-6078
ハート出版ホームページ　http://www.810.co.jp

ISBN978-4-8024-0064-0　印刷・製本 中央精版印刷株式会社

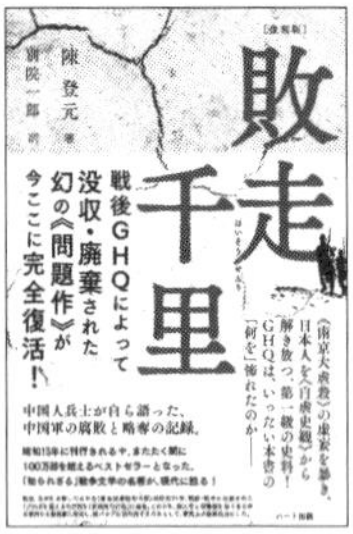

［復刻版］敗走千里

中国軍兵士が自ら語った腐敗と略奪の記録

ＧＨＱによって没収・廃棄された幻の作品が復活。
昭和 13 年に刊行された 100 万部超のベストセラー。

陳登元 著　別院一郎 訳
ISBN978-4-8024-0039-8　本体 1800 円

竹林はるか遠く

日本人少女ヨーコの戦争体験記

終戦直後の朝鮮半島で、日本人引き揚げ者が味わった過酷な体験。アメリカで中学校の教材になった本。

ヨーコ・カワシマ・ワトキンズ 著　都竹恵子 訳
ISBN978-4-89295-921-9　本体 1500 円

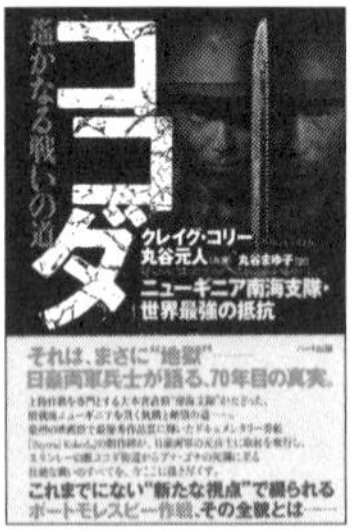

ココダ　遥かなる戦いの道

ニューギニア南海支隊・世界最強の抵抗

これまでにない"新たな視点"で綴られる
「ポートモレスビー作戦」、その激戦の真実とは――

クレイグ・コリー／丸谷元人 共著　丸谷まゆ子 訳
ISBN978-4-89295-907-3　本体 3200 円

特攻　空母バンカーヒルと二人のカミカゼ

米軍兵士が見た沖縄特攻戦の真実

米軍の旗艦を戦闘不能に陥れた、２機の零戦による壮絶な特攻。その全貌を描く迫真のドキュメンタリー。

マクスウェル・テイラー・ケネディ 著　中村有以 訳
ISBN978-4-89295-651-5　本体 3800 円